新潮文庫

私の嫌いな10の人びと

中島義道著

新潮社版

8504

私の嫌いな10の人びと＊目次

私の嫌いな10の人びと

1 笑顔の絶えない人

笑顔の絶えない顔は気持ち悪い

私は笑顔の絶えない顔が嫌いです。そんな顔を眼の前にすると、とたんに居心地が悪くなる。人生、笑ってばかりもいられないでしょうに、と思います。銀行やデパートや日本旅館などで、ちょくちょくお目にかかりますが、それがたとえ職業上の笑いであっても、あれほど微笑《ほほえ》みつづけているのは、居心地が悪くて気持ちが悪い。

でも、多くの同胞は好きなようですね。ここで注意すると、笑顔の絶えない人を現代日本において肯定的に語る場合には決まった図式があって、やたらけらけら笑っている人（笑い上戸）のことではない。むしろ、悲しい体験や辛《つら》い経験が山のようにあったらしいのだが、それらをおくびにも出さずに、いつも柔らかい笑みをたたえている人（断然男より女のほうがぴったりする）なのです。

これとは別に、たしかに、いつも笑っているような顔の人っていますね！　顔面の筋肉が笑うようにできているのです。例えば、梅原猛《たけし》氏は、相当の努力をしなければ「笑わない顔」を実現することができないようですね。油断をすると、すぐに笑い顔になる。どんなに緊張していても、いったん話し出すと、あっという間に「笑い」へと顔は崩れていきます。はじめそれがとても不愉快でしたが、ああ、あれはああいう顔面筋肉の構造なのだと思いはじめました。

こういう特殊な場合を除き、笑顔の絶えない顔は、ひとえに努力の賜物《たまもの》なのです。笑うべきだから、それと知って笑おうとしているから、笑っている。しかも、そこに無理があってはならない。笑いたくもないのに無理やり頬の筋肉を横に引っ張ってみても、わざとらしさが顔面に露出します。そうではなく、どんなに辛いときでも、からだに染《し》み付いたように、他人を前にすると、自然に笑みをたたえている。しかも、よく観察すると、涙で滲《にじ》んだように眼の奥が光り、うっすらと寂しさが漂う。この国では、こういう女性（とくに若い女性、その中でもとくにきれいな女性）の笑顔を多くの人が好むのです。

それがたとえけなげで美しいとしても、彼女はなぜそういう笑いをまとうのか。まわりの人間が望んでいるからです。そうすると、好かれるからであり、そのことを知って彼女は自分の感情をコントロールしているのです。このことからもわかるように、この国では個人のむき出しの感情を嫌う。とくに、悲しいときに涙を流すこと、暗い気持ちのときに暗い顔をすることを禁じる。自分のマイナスの感情をそのまま表現するのは、失礼なのであり、社会的に未成熟なのです。

「笑って、笑って」

そういえば、小さいころから写真を撮るときに「笑って、笑って」と先生やカメラマンから指示され、だから小学校のころの写真を見るとみんな笑っている。子供の笑顔はかわいいものですが、いまになって振り返ってみると、こうして子供の自然の感情を圧殺し、悲しくても笑う癖をつける暴力にあらためて怒りを覚えます。思えば、遠足でもおもしろいことは何もなかった。だから、思いっきり暗い顔をすればよかった。でも、自分もにこにこ笑っているのです。

この国では、写真を撮るときのみならず、人が集まるたびに、どこからともなく「笑って、笑って」という掛け声が響いてくる。そのうち、みんな自分を守るために、人が集まるところでは、いつしか自動的に笑ってしまうのですね。

いまでも、冷や汗とともに思い出しますが、小学校一年生の最後の日、つまり終業式が終わって教室に戻ると、太った若い女の先生が、突然「みんな、笑う二年生になりましょう!」と宣言するや、文字通り腹を抱えて「わっはっは、わっはっは」と笑いはじめた。そして「さあ、みんなも一緒に」と大声で言うと、クラス中に「わっはっは、わっはっは」の大合唱がとどろく。しばらくすると、彼女は私のほうをきらりと見て、「中島君、なんで笑わないの?」と聞く。私はもじもじしながら小さい声で「バカらしいから」と答えました。それに先生がどう答えたか忘れましたが、当時からずいぶん「厭《いや》な子」だったのですね。

ドストエフスキーは『未成年』の中で、笑いについてとても穿《うが》った（だが私には正しいと思われる）考察をしている。

人が笑うと、たいていは見ていて厭になるものである。笑い顔には、最も多く何か下卑たもの、笑っている本人の品位を落とすようなものがむき出しにされる。……笑いは何よりも誠意を要求する、だが人びとに誠意などはたしてあろうか？　笑いは悪意のないことを要求する、ところが人々が笑うのはほとんどが悪意からである。（工藤精一郎訳。以下、引用文のうちもともと日本語による文学作品以外は、適宜表記を変えたところもある）

たしかに、大人でもごくまれに無防備で無邪気な笑顔を見せる人がいますが、ほとんどは何がしかの作為が、したがって嫌味が感ぜられる。そう感じないのは、多くの人が自分もみんなと一緒に笑うことにかまけて、あまり他人の笑い顔を観察しないからなのです。そして、ドストエフスキーの結論は、「赤ん坊たちだけが、完全に美しく笑うことができる」というものですが、これには多くの人が賛同するのではないでしょうか。

不自然な明るさ

笑顔の絶えない顔を好む現代日本人の傾向は、走光性の虫のように明るいことを好む現代日本人の傾向に呼応する。これは、さまざまな角度から検証できますが、多くの人は少しでも暗い方向に心が傾くことをむやみに恐れる。新聞の投書から。

暗いご時世、放っておくと心は暗いほうへとなびく。……だから、私は無理をしてでも心の平衡を取る。心の王国を守るのは、自分以外にはけっしてできないからだ。そこで、プラスの言葉を無理やりにでも発することにしている。「いい天気じゃないか」「風が心地いい」「仕事があることはありがたい」「からだの具合がいいなあ」などなど、手当たりしだいに自分に言い聞かせるのだ。とくに朝目が覚めたら「今日はいい一日になるぞ!」と数回連呼するのは、私にはとても大事な朝の行事で、一日の活力が湧《わ》き出してくる。……

（朝日新聞　二〇〇五年二月四日）

この人はちょっと行きすぎかもしれないけれど、「心の平衡」を保つために、よいことばかり考えよいことばかり語るという傾向が、現代日本のいたるところに見られることにお気づきでしょう。これは、言葉に「言霊《ことだま》」という魂を読み込み、悪いことを語るとそれが穢《けが》れとなり災いをもたらすという大和民族古来の言語観で、これはどの文化にもある程度認められるのですが、ここしばらくウィーンと東京のあいだを往復する生活を続けていると、わが国独特の空気がわかってくる。

例えば、スポーツ中継の仕方が、とりわけアナウンサーやキャスターやゲストの言葉遣いが、ヨーロッパと日本とではまるで違う。二〇〇四年、いつものように夏休みをウィーンで一カ月過ごし、そのうち五日ほどロンドンに滞在しましたが、時はちょうどアテネオリンピックたけなわ。CNNないし（一日中スポーツばかり放送している）チャネル「オイロスポーツ」で日本選手のまるで出ない競技ばかり観戦していました。そのさい、注意しているとわかるのですが、アナウンサーは、大声で「ファンタスティック！」とか「ブラボー、すばらしい記録です！」とか叫びますが、そのほかは「事実」をそのまま伝えるだけ。

ちょうど、ロンドンにいた折りに女子マラソンがあって、イギリスの世界記録保持者ポーラ・ラドクリフが、こともあろうに三六キロ地点で歩き出し、ついには道路にしゃがみ込んでしまうというハプニングがありました。アナウンサーは、「ああ、歩き出しました！　ああ、しゃがみこみました！　ああ、頭を抱えています！」と絶叫口調で放送しますが、それだけ。けっして彼女の「内面」に入っていって想像を逞《たくま》しくすることはないのです。私は確信しますが、わが国だったら、彼女を観察しながら「ほんとうに悔しいでしょうねえ！　ああ、頭を抱えています、無念な気持ちがわかりますねえ！」というため息の混じった同情の言葉であふれ返るはずです。

翌日のテレビにも出演して、彼女は時折り涙を流しながら、走れなくなった理由を語っていましたが、アナウンサーはたんたんと「ああ、そうですか」と答えるだけ。日本だったら、さらにさらに彼女の涙を呼ぶような質問を矢継ぎ早に発して、彼女の嘆き苦しむ姿を拡大し、視聴者がともに「無念の涙にむせぶ」策を弄《ろう》するように思います。

そのほか、バイエルンの放送局は（場所中）その日の大相撲を三〇分も流すのですが、アナウンサーの言葉は「すごい、すばらしい力技、背負い投げ！」「いやあ、強力です。全身で攻めています。ああ、押し出し！」「回しを取った、力強く攻めています。上手投げ！　すばらしい技巧です！」というような具合で、無味乾燥、殺風景そのもの。日本だったら、力士のこれまでの苦労談とか、前場所の悔しさとか、立合いのさいの顔つきとか、緊張とか、さらには力士の人柄とか、家族構成とか……さまざまな人生ドラマをこの短い勝負の中に読み込もうとする。そして、勝敗が決まったあとでも、「積極的ないい相撲だった」とか「逃げの姿勢で残念であった」とか、単なる勝ち負けではない力士の勝負に対する「姿勢」を評論するのですが……。

わが国では、試合会場のアナウンサーやゲスト解説者、そしてとりわけスタジオの報道キャスターは、視聴者が選手と「一体になって」好成績を期待する方向に強引に雰囲気をもっていく、いや掻《か》き立て煽《あお》り立てる。だから、スポーツ報道に関与している者は誰でも、断じて「これまでの記録からしたら、入賞は無理だと思います」と客観的に試合の展開を予測してはならず、眼を輝かせて「入賞の可能性はありますよ」と明るいほうへ明るいほうへと予測しなければならない。どんなに勝ち目がないと思われてもそれを口には出さず、「最近の伸びにはすごいものがありますから、期待できますよ」と語る。かつてのメダリストに対しては「何しろ世界中の選手が目標にしていますから」とか「この強さにはみな恐れをなしています」というふうにもちあげる。マラソンでも水泳でも柔道でも、日本選手がかなりのリードを許していても「まだまだ大丈夫ですよ、逆転のチャンスはありますよ」と期待させる。

そして、おもしろいことに、天にまで届くほどもちあげたすえに、惨敗《ざんぱい》したとしても、意外にけろりとしていて、「次回に期待しましょう」とくる。すべてを、明るいほうへ明るいほうへと語りつづけていくゲームは、事実によって反証されてもびくともしないのです。

笑顔の絶えない女と笑顔の絶えない男

話を「笑顔」に戻しましょう。

少し古い感覚なのかもしれませんが、多くの男が恋人や妻に「笑顔の絶えない人」を望むようです。なぜなら、明るい顔を見ていると心がなごむから。人生とは、――とくに大人になると――苦しいことや悲しいことの連続なのですが、そんなときふと傍に、何も言わずにやさしく微笑《ほほえ》んでいる顔を見ることができれば慰めになる。こうして、「笑顔の絶えない人」は、男から見てこうあってほしい女の属性であることが多い。だから、「笑顔の絶えない男」とこう書いてみると、違和感がある。へらへら笑ってばかりいる頬の筋肉がたるんだ軽薄な男が浮かんでしまい、なかなかプラスの価値をもって迫ってきません。たぶん、女性が恋人や夫に求める理想像として、「笑顔の絶えない人」は圧倒的に少ないような気がします。

ここは正確に表現しなくてはなりませんが、女性が求める理想の男の笑顔とは――これも古いと一蹴《いっしゅう》されるかもしれませんが――、たえずにこにこ笑っているというのではなく、精悍《せいかん》な男らしい顔が、あるときふっと武装を解いたように無防備に笑う、街を歩いているときふと隣の男の顔を覗《のぞ》き込むと、はっと思うほど寂しそうな表情をしている、でも、その同じ顔が「何？」と尋ねるように自分に向かうと、信じられないほどやさしい眼の奥が笑っている、こんな男の顔が好きなのではないかと思います。つまり、いつも笑っているのではなく、あるときふと少年に戻ったかのようなあどけない表情を見せる。そんなとき、女はからだがしびれるように「この人が好きだ！」と確信するのではないでしょうか（江國《えくに》香織や唯川恵《ゆいかわけい》や小池真理子や藤堂志津子の小説の読みすぎかな）。とにかく、キャリアウーマンが足を引きずるようにして家に帰ってきたら、玄関に「笑顔の絶えない男」の顔を認めて心が慰められるような気はどうしてもしない。むしろ、その顔めがけてハンドバッグを投げつけたくなるのではないでしょうか。

この男女の大いなる感受性の違いをもう少し探ってみますと、ここには、「甘え」や「媚《こび》」という言葉が支配する広大な領域が広がっています。男は、一般に女に甘えられる外形を維持したまま、女に甘えたい。女は、逆に男に甘える外形を維持したまま、男に甘えられたい。こう言えるのではないかと思います。この二重になったルールを守ることで、伝来の強い男と弱い女、つまり甘えられる男と甘える女という対概念を破壊せずに、しかもその内部構造を逆転させることによって、互いに実利を引き出すことができる。本書ではこれから何度でも触れますが、われわれがナマの事実ではなく、概念ないし観念に支配されていることは、恐ろしいほどです。

このことには普通あまり気づきませんが、感受性のレベルに降り立ってみると、「感じがいい」とか「感じが悪い」という直感だけによって、かなり正確に決まってくる。

先の例を続けますと、男勝りのキャリアウーマンが、身も心もずたずたになって修羅場から家に帰ると、いつもたくましい腕が何も言わずに強く自分を抱きしめてくれ、そのままじっと自分の愚痴を聞いてくれる……という場合、彼女がその腕の中で無限に優しく自分を見つめる男の顔を求めることはあるでしょう。それは、サラリーマンが会社で血みどろの戦いをしたすえに、くたびれ果てて玄関のブザーを鳴らしたら、きらきらした眼で「あなた！」と迎えてくれる情景とは異なる。やはり女は男に、単にやすらぎの場ではなく、自分を守ってくれる場を求めてしまうのです。

ちょっと前にテレビドラマにありましたが、仕事の鬼のような女がかわいい年下の男の子を「飼っている」という設定もありうる。でも、やはりその青年が「かわいい」だけでは彼女はもの足りない。ただかわいいだけの女を求める男はかなりいるのに、ただかわいいだけの男を求める女はそんなにいない。女にとって男は一般に単にかわいいだけではだめであり、男のかわいさには、強さが、逞しさが、人間としての大きさが伴っていなければならない。自分が人間としても動物の雄としても尊敬できる男、つまり自分より知力において体力において仕事において勝っている男が、一瞬ふっと「かわいさ」を見せるとき、女はぐっと来るのです。かわいさ全開の青年は、はじめのうちはともかく、やがてぶん殴りたくなる。

ここで、思い出してほしいのですが、以上はすべて表層のルール。その下にぴったりと深層のルールが張り付いています。強く逞しく尊敬できる男といえども、じつは自分に甘えているんだという実感がじわっと湧きあがるとき、女は幸せを覚える。とはいえ、いつも自分に甘えっぱなしの男ではうんざりし、あるとき母親を求めるかのように甘えてくると、女は情感をくすぐられるのです。男のほうでも、ただただかわいいだけの妻が、あるとき自分の話を親身になって聞いてくれた結果、意外にしっかりしたアドバイスを与えてくれると、おうおうにして惚《ほ》れなおす。でも、これは自分が窮地に陥ったときだけ。まずまずの困窮状況においては、彼女はけっして自分より正しい解答に達してはならないのです。

2 常に感謝の気持ちを忘れない人

感謝の気持ちを他人に要求する人

感謝の気持ちを忘れないことはもちろん大切なことです。でも、おうおうにして現代日本では、これを知能指数ならぬ「人間性指数」とみなし、すべての人に高飛車に強制し、これが欠如している者、希薄な者を欠陥人間とみなす風潮がある。なんだかそこには、身動きのできない定型化があって、一種の魔女裁判のような硬直化した糾弾の姿勢がある。これからおいおい念入りにほかの事例も紹介しますが、一見平和で穏やかな現代日本は、すっぽりとこの種の異端審問が日々刻々と行われている恐ろしい社会なのです。

よく考えてみればいい。人間であれば、ちょっとした親切心に対して心から感謝したい気持ちになることもあれば、どんなに絶大な恩恵を被《こうむ》っても口が裂けても感謝の言葉を発したくなくなるときもある。それは、ほとんどの場合、相手が自分に何を期待しているかによるのですが、日本昔話よろしく、相手が自分に何も期待しないでただ親切にしてくれるとき、われわれには自然な感謝の気持ちが湧《わ》きあがります。しかし、親切な行為の背後に、相手の自己利益や、計算高さや、自己愛や、傲慢《ごうまん》や、自分に対する軽蔑《けいべつ》や、恩着せがましさや、見返りや、定型的な義務心や……が透けて見えるとき、われわれはとっさに感謝の言葉を呑《の》み込むのです。

あるいは、人間ですから、かつてどんなに絶大な恩恵を受けたとしても、つい忘れてしまうこともあるでしょう。ここには深層心理が働いていて、ある人に足を向けて寝られないほどの恩恵を受けたからこそ、忘れてしまう、ということもあるかもしれません。なぜなら、そのとき自分が彼からそれほどの恩恵を受けたことはありがたいことながら、やはり同時に自分の不甲斐《ふがい》なさがちくちくからだを刺し通して、無性に辛《つら》いからです。忘れたいから、忘れてしまうのです。

ですが、感謝の気持ちを忘れない人、忘れてはならないと信じている人は、こうした言い訳を蛇蝎《だかつ》のように嫌う。人間であれば、恩を受けたからには、それがたとえ少々理不尽なやり方であったとしても、感謝の気持ちをもたねばならず、常に感謝の気持ちを忘れないようにせねば駄目なのです。常に感謝の気持ちを忘れない人は、困ったことに、自分がそうして「常に感謝の気持ちを忘れない」ように心がけるだけでやめておけばいいものを、それを人類の普遍的法則であるかのように、すべての人に要求します。いや、要求するばかりではなく、そうではない人を容赦なく裁きます。しかも、絶対に表向きは言わずに、じろっと白い眼を向けて、感謝の気持ちのない人を切り捨てるのです。

ですから、私が嫌いなのは、感謝の気持ちを忘れない人というよりむしろ、折に触れて「感謝の気持ちを忘れるなよ！」と高飛車に、あるいはしみじみとお説教する人なのかもしれません。たとえ、私が誰かから絶大な恩恵を受けようと、私は彼(女)に、いつまでも「ありがたかった、助かった」と言いつづけたくない。そして、私は他人に親切にすることはほとんどないのですが、そのごく少数の場合でも、他人からいつまでも「ありがとう（ございました）」と言ってもらいたくない。すぐに忘れてくれるほうが、ありがたいのです。

非社会的自己への改造

しかし、現代日本では右を向いても、左を向いても「感謝の気持ちを忘れない人」がうじゃうじゃ生息していて気味が悪い。とはいえ、私はどう考えても自分が「正しい」と思ってしまう。そこで、私は自分に対する誠実性から、はっきり世の中に反抗することにしました。まず、私は他人にどんなに恩恵を与えても（ほとんど与えないのですが）、その人に対して寸毫《すんごう》も私に感謝の気持ちを表明してはならないことを要求しました。そう命じても私に感謝する人をはっきり非難し、それでも聞かないときは罵倒《ばとう》し、それでも聞かないときは彼（女）と人間関係を絶ちました。その成果が次第に現れてきて、いまや私と親しい少数の人々は誰も私に感謝の気持ちを表明しません。

とくに私が生理的に受け付けないのは（これも女の人に多いのですが）、私が頼みもしないのに、「私のためを思って」いろいろ世話をやく人。たまに講演依頼のあるとき、その段取りをメールや電話やファックスで打ち合わせるのですが、主催者側は新幹線の切符を取るとか、ホテルを手配するとか、お迎えに上がるとか、前日ご一緒にお食事をしたいとか、あれもこれもしなければ失礼と思っている。だが、私はなるべく何もしてもらいたくない。「すべて自分でします。迎えに来なくて結構です。食事は結構です」と告げるのですが、これを相手の気を損ねないように成し遂げるのはかなり大変です。でも、私を講演に呼ぶのですから、少しは私の信念や美学を知ってのはずだと思い、ここは譲らずに押しとおす。「あとで紋切り型の感謝の手紙も書かないでください」とはっきり伝えるので、講演会を終えても何の手紙も来なくなった。こうして、着々と私の非社会的自己への改造は他人を巻き込んで進んでいるのです。

ここまでは、まあできないこともない。ですが、次に私を待ち受けているのは茨《いばら》の道です。私は他人から受けた親切に対して、感謝の気持ちをなるべく表明しないように自分を訓練しているのです。気心の知れた（つまり、私の趣味に付き合ってくれる）人はそれでいいのですが、そうではない世間の膨大な数の人びとは、私がちょっとでも恩恵を受けると、全身を耳にして私が感謝の気持ちを発することを期待しているので、はなはだ付き合うのにくたびれる。私は軽く「ありがとう」と言うことはありますが（それは普通の日本人より多いかもしれない）、感謝の言葉が湧いてこないときは、ここは社会的慣習上表明すべきだと思っても絶対にしませんし、たとえ心から感謝していても、信念からして、それを表明することを最小限に抑えているのです。

だいたい、私のように世の大多数と信念や趣味がずれている男は、他人から普通の好意を受けても、感謝の気持ちが湧いてくることはほとんどない。「車で送っていきましょうか？」と言われても、その人と狭い車の中に三〇分間一緒にいるより、数千円払ってもタクシーに乗ったほうがずっと気分が楽だから断る。「お礼に伺う」ことを礼儀のように考えている人が多いのも困りものです。そんなに私に対して感謝しているのなら、あなたに儀礼的に会うための時間はない、というより会いたくない、というこちらの気持ちも尊重してもらいたい。しかし、おかしなことに、それでも無理にでも押しかけてくる人がある。つまり、「感謝の気持ちを忘れない人」の多くが、こちらの意向を足蹴《あしげ》にしてでも、自分が納得したいがために、世間の慣習どおりのことを貫こうとするのです。

私はひとから贈り物をされることが嫌いです。何をもらっても、ほとんど気に入らないのですが、それはさておき、じつは私がほしくない物なのに、さも気に入ったかのように感謝するという欺瞞《ぎまん》が苦しくてしかたなく、こうしたゲームからはずっと前に降りてしまいました。だが、これほど言ってもまだ送ってくる人がいる。そういう人には、はっきり抗議するしかありません。

ここで、些細《ささい》なことなのですが、些細であるからほとんどの人は無視し、だからこそ私は無視したくない、そんな例をあえて挙げてみます。京都のK書房からは毎年卓上カレンダーが送られてくる。それは、予定表に使うのはいいのですが、私はこまごました予定のほかにいろいろその日にあったことを書き込む癖があるので、一日あたりのスペースが足りませんし、大きいのでもち歩くのには不便です。そこで、ここ一〇年ほど、送ってもらってもゴミ箱に捨てていたのですが、どう考えても不合理だと思い、また相手を侮辱しているとも思い、昨年意を決して「かくかくの理由により、私には使い道がありませんので、来年からは送らないでください」と書き送りました。K書房の担当者は傷ついたことでしょう。でも、どう考えても、相手を傷つけたくないために、「ありがたく」受け取って、つまり受け取ったふりをして、ゴミ箱に捨てるよりずっと相手を尊重していると思うのですが。自分は使わないからと相手に告げずに、受け取りつづけ捨てつづけるほうが、よっぽど相手に無礼だと思うのですが。そんなこと、誰もが知っている。では、なぜ私のように相手にはっきり告げないのか？　とどのつまりは、自分が悪く思われたくないからなのです。自分が悪く思われたくないから、相手をそのための手段として利用しているにすぎません。

こうして、私の非社会的自己への改造はとどこおりなく進んでいるのですが――鋭敏な読者ならお気づきのとおり――、じつは私はこういうしきたりや慣習を尊重すべきだという濃厚な空気の中にどっぷり漬かって育ちました。とくに母親は、物を送って三日経《た》ってもお礼の返事が来ない人を、無礼だと言って憤慨していました。ですから、私もこちらが出さなかった人から年賀状が来ると慌《あわ》てふためき、こちらが出した人から来ないと憔悴《しょうすい》し、相手からは一月一日に届いたのに、自分の年賀状はぎりぎりに書いたのでそれ以降に届くかもしれないと気をもみ、ましてこちらが出したのに結局は来なかった人を恨み憎み……という具合でくたびれはててしまい、五〇歳になったときに、すべてやめてしまいました。

ついでに、そのときを境に、私は義理から何かをすることを徐々にやめていくことにした。それを『人生を〈半分〉降りる』（新潮OH！文庫）にまとめたところ、池田清彦《きよひこ》さんが「献本されて、その本がおもしろければ読めばよく、おもしろくなければゴミ箱に捨てればいい。『おもしろくありませんでした』と返事を書く必要はない」と批判的に紹介していましたが、――池田さんにはとうていわからないと思いますが――こうできないから、私は苦労しているのです。年賀状をやめるのも大変でした。私は年末に年賀状を寄こしそうな人すべてに「年賀状は全廃しました」という葉書を出し、その葉書を出さなかった人から年賀状が来たので、彼ら全員に自分の信念を伝える葉書を出し……という作業を毎年続け、さらに毎年新たに知り合った人から来ることがあるので、その人々へも私の「思想」を伝え……こうして、いまだに年賀状の「全廃」は実現していないのです。

こんな私ですから、じつは油断していると、つい感謝の気持ちを表明してしまいそうになる。そのたびに、自分の信念と美学を貫くために、そういう「軟弱な」自分を激しく鞭《むち》打っている次第なのです。ですから、私はじつは感謝の気持ちを忘れることはない。何もかもはっきり憶《おぼ》えている。自然に忘れることができれば私の自己改造は完成するのでしょうが、それにはまだ長い道のりが必要なようです。

勘三郎《かんざぶろう》の襲名に寄せて

それにしても、数ある職業の中でも、役者（俳優）は、なぜあれほど観客に感謝ばかりしているのでしょうか？　ふたこと目には「お客さまのご支援あっての私たちですから」とか「お客さまに支えられてようやくここまで参りました」という言葉がすらっと口から出る。それはそうなのでしょうが、どうもその卑屈とも言える態度は日本的な演劇人の強固な信念に基づいているように思われる。毎年歌舞伎座《かぶきざ》で十一月にある顔見世における口上はおもしろいものですが、床に額をこすりつけるような挨拶《あいさつ》の仕方に、奴隷《どれい》根性とも言える卑屈さを感じてしまう。

一九九八年に仁左衛門《にざえもん》の襲名披露公演を歌舞伎座で観《み》ましたが、今回の勘三郎の襲名披露公演（同じ歌舞伎座）の切符は手に入らなかった。襲名披露にかかわる数々の儀式をテレビで観ましたが、まあその各界の支援者に対するへりくだりようは、なんだか哀れで虚《むな》しいほど。同時に、そうしてでも実益を得るというさもしさも感じました。

そんなとき、新勘三郎の息子がタクシー料金のトラブルをめぐって警察官を殴ったかどで逮捕されるという事件が起こった。あれ、なかなかおもしろいなあ、と一瞬「血が騒いだ」のですが、新勘三郎の狼狽《ろうばい》ぶりは傍目に見ても痛々しいほど。もっとも、タテマエと自己防衛の交じり合った高度に技巧的な痛々しさでしたが。彼は、九官鳥のように「お客さまに申し訳ない」と繰り返していました。そういう言葉を発する意図を知りながら言うのですが、私に限ってぜんぜん「申し訳ない」ことはない。私は歌舞伎役者に、市民としての道徳性などまったく期待していないので、このくらいのことは何ともない。しかし、ほとんどの市民は違うのですね。歌舞伎役者に普通の市民以上の道徳性を期待するんですねえ。舞台の上では、年がら年中あんなに不道徳なお話をあんなにみごとに演じているのに！

『放浪記』の一七九五回公演を達成し二〇〇〇回公演をめざす森光子《みつこ》も、この奇跡的な偉業について感想を求められるたびに、「お客さまのおかげです」の連発。政治家がおまじないのように「国民のため……」と唱えるような、つまりそう言ってまちがいないという心理状態に支えられた、謙虚に見えてずるい言葉に思われました。もちろん、森光子さんはほんとうにそう感じているのでしょう。でも、さらに正確に言えば、「ただただお客さまのおかげ」ではなくて「お客さまのご支援と、私自身の不断の努力と、偶然のため」と答えねばならないことくらい彼女は知っているはずだからです。

こうした態度は役者に共通のものかもしれませんが、歌舞伎役者や新派の役者にとくに強い。新劇の役者や映画俳優（これ、もう死語？）からはあまり聞かれない言葉です。歌手にしても、美空ひばりは死ぬまで「お客さまのおかげ」と言っていましたが、天下のＳＭＡＰや浜崎あゆみは、こう言わない。つまり、歌舞伎役者や新派の役者や落語家などのような「芸人」というイメージの強いエンタテイナーが好んで発する言葉だと言っていいようです。

考えてみれば、小説家だって、画家だって、建築家だって、ピアニストだって「お客さまのおかげ」のはずですが、こういう言葉は聞こえてこない。川端康成《やすなり》がノーベル賞を取ったとき、感想として「ただただ私の本を読んでくれた読者のおかげです」と感謝の気持ちを表明したら、徹底的に違和感がある。小澤征爾《おざわせいじ》がウィーン国立歌劇場の音楽監督に就任が決まったとき、「ただただ私の音楽を聴いてくれるお客さまのおかげです」と言ったとしたら、その卑屈な態度に対して「お前は芸術家なんだから、『お客さま』のほうばかり向くなよ！」という野次でも飛ばしたくなります。蛇足までに、私も物書きの端くれですが、いままで一度たりとも「お客さまのおかげ」と思ったことはありません。

国民のため思想

日本的役者に典型的ですが、すべてをよいほうによいほうにとらえていく。たとえ、師匠から理不尽なしごきに遭っても、仲間からひどいいじめに遭っても、世間に根も葉もないゴシップを撒《ま》き散らされても、すべてを「修行」の一環と心得て耐え忍ぶ。そして、その理不尽な仕打ちのすべてに感謝する。こういう懐《ふところ》の深い人間でなければとうてい芸の世界を渡っていくことはできない。こういう人間こそが、日本的土壌にうまく適応して、「常に感謝の気持ちを忘れない人」へと成長していく、そしてこういう人がこういう弟子を育てる、だから「常に感謝の気持ちを忘れない人」はめんめんと受け継がれていく……というシステムになっているわけです。日本的エンタテイナーのからだには、お客さまのみならず、すべてのみなさまのおかげという「恩」の思想がしっかり住み着いていることぐらいわかっているのです。いま自分が晴れがましい舞台に立てるのは、いまここに来てくれている観客のみなさまだけではない、眼に見えないすべての人のおかげである、という「おかげ思想」です。どうです？　わが国の国会議員が標榜《ひょうぼう》する「国民のため思想」に無限に近いでしょう。

この前の衆議院議員選挙（二〇〇五年九月一一日）で、はっきりわかったのですが、いまや「国民」は、戦前の天皇のような神聖不可侵の絶対者なのですね。どの政治家もちらりとも国民の悪口は言わない。自民党が圧勝したのが首相の魔術によるのだったら、そういう魔術に簡単にかかってしまう国民がアホなはずですが、自民党が簡単なキャッチフレーズを前面に出して成功したのなら、そういう簡単なことを好む国民は単細胞のはずですが……、けっしてそうは言わない。野党はこぞって正しいことを訴えたけれど票に結びつかなかったことを残念がる。それは、国民の大多数がバカだから、という理屈が最もわかりやすいはずですが、そうではなくて、自分たちの努力が足りなかったためなのです。どうです？　国民って、どんな行動をとっても絶対にまちがっておらず、絶対に非難してはならないんですから、戦前の天皇みたいでしょう。政治家は、国民をそれほど崇《あが》め奉《たてまつ》っているのか？　どう考えてもそうではないようです。ただただ国民の悪口をいうと、次の選挙で落ちるからなのです。ああ、これが「国民主権」ということなのだな、ということがあらためてよくわかりました。

日本的商人道徳への違和感

日本的芸人と並んで、感謝ばかりしている人種として、日本的商売人があります。彼らは、儲《もう》けようとして商売をしているはずなのですが、表面的にはお客さまに対して感謝ばかりしている。彼らからは、「お客さまに喜んでいただけるだけでいいのです」というせりふが発せられますが、これも大嘘《おおうそ》です。すべての「お客さま」が大喜びで食べて、かつ食い逃げしたら、商売はやっていけない。やはり、感謝という精神的見返りだけではなく、金という物質的見返りを期待しているのです。それを言わないことが欺瞞的です。

思いっきり現実的に言いますと、われわれが何か商品を買ったりサービスを受けたりするとき、それらと金とを交換しているにすぎない。その金も、自分の労働の対価として得たものである。だから、売り手と買い手は対等なはずであって、売るほうだけが卑屈なほど感謝する必要はない。では、彼らはなぜああまでも感謝するのか？　たしかに数ある旅館のうちから、数ある車のうちから、「これ」を選んでもらって心から感謝することもあるでしょうが、それは副次的なこと。あれこれ考えたすえに、そのほうが客によい感じを与え、信頼を勝ち得、結局は商売が繁盛《はんじょう》するからだ、という納得する結論に達しました。

次のような、変な新聞投書があります。

節分になると、いまでも思い出す隣のおじさん、県道をはさんで向いの家が、まんじゅう屋をやっていた。……おじさんは、節分が来ると大きな声を張りあげて、「ふくふくー、ふくはーうち」とだけ繰り返し、「鬼はそと」のない豆まきをするのです。どうして「鬼はそと」とは言わないのだろうと子供のころは思っていました。年を重ねたいまにして思えば、商売をしていたおじさんは「世の中に鬼はいないよ。もしいたって、みんなお客さんだよ」と思っていたからだろうと、その温かい心が感じられて納得できるのです。

（朝日新聞　二〇〇五年二月五日）

野暮を承知で言うのですが、このまんじゅう屋のおじさんに、私は「温かい心」をあまり感じない。彼は、商売を続けられることに対して店の外にいる可能的お客全部に感謝しているのであって、それは単に「温かい心」というのではなく、もっと現実感覚、商売感覚のあるものです。ただし、国民の大多数は――この投書者のように――、ただよい商品を提供してくれるばかりではなく、さらに「温かい心」が感じられる商売人が好きなのですね。こんな「温かい心」をもっているのだから、この店のまんじゅうはおいしいにちがいない、と思い込む。でも、とってもまずいかもしれないではないですか！

こうして、すぐさま「こころ」を求めるこの国の商人道徳に、私ははなはだ違和感を覚えます。商売人は、第一によい商品とよいサービスを提供すればいいのであり、「温かい心」は、それを補充する意味しかもたない。どんなに「温かい心」をもっていても、商売は失敗するかもしれず、どんなに「冷たい心」をもっていても大成功するかもしれない。ということは、——あのまんじゅう屋のおじさんを含めて——商売人は商売が成功するかぎり「温かい心」をもてばいいのであって、商売が上がったりでは「温かい心」をもってもしかたないのです。

このメカニズムを腹の底まで知っていますので、私はむやみやたらと感謝する商売人を前にすると、居心地が悪くなる。この居心地の悪さは、あまりにもドライな感謝の仕方に対する居心地の悪さに通底します。この国では、何もかも定型化されるのですが、感謝の気持ちも、あっという間に定型化される。コンビニやファーストフード店やチェーンのコーヒーショップなどその典型ですが、若い女の店員など、まるで感謝の気持ちの一滴もこもらない口ぶりで「ありがとうございまあーす」と機械的に叫んでいる。最近は、一人が「ありがとうございまあーす」と叫ぶと、次々に店のあちこちから「ありがとうございまあーす」という挨拶がこだまのように跳ね返ってくる。こういう極度に定式的な量産化された感謝の気持ちの表明には、殴りつけたくなるほどの不快感を覚えます。そして、こうした過度に定型化された感謝の気持ちの表明も、もとをただせば、あの古典的商売人たちの、こちらが気まずくなるほどの感謝の気持ちの表明につながってくる。それがもともと心からの気持ちではなかったからこそ、最近の定型化された表面的感謝もまた違和感なく生き延びてきたのではないか、と忖度《そんたく》します。

「怒鳴るのは家でしてくれ!」

では、どうすればいいのか、だって? 簡単です。もっと客に自然に接すればいいのです。この点、私は完全なヨーロッパ主義者で、商売人はもっとそっけなく、もっと不機嫌でよく、もっと人間的でいい。言いかえれば、あくまで客と対等でいい。多くの方が経験したことと思いますが、あちらの店員でもホテルの従業員でもスーパーの売り子でも、まあ恐ろしく愛想が悪くていばっていますからねえ。

ある日、ウィーンのレオポルト美術館でのこと。館内のショップでいろいろ画集や絵葉書や複製品を購入してそれらをよいさと抱えてレジにもっていくと、若い女店員が「はい」といって、安っぽいしおりのようなものをくれようとしたので、

「いりません」とはっきり言うと、気分を害したのか「でも、自分がいらなくても、お友達にお土産であげればいいでしょう」とからむ。「いえ、それでもいらないんです」と断ると、「じゃ、あなたは何だったら、受け取るんですか？」と食い下がる。「お金なら」と笑いながら言うと、これからの「答弁」がおかしい。彼女は「そんなにお金が大切なら、こんなに買わなければいい、こんなところに来ないで、うちで寝てればいい」と挑むように言ったのです！　「そういえば、そうですね」と冷静に答えて帰ってきましたが、おかしかった。おわかりでしょうか？　あちらでは、お客と店員のあいだでも、こうしたウイットに充《み》ちた自然な会話が弾むのです。

でも、しばしば自然すぎて頭に来ることもある。ウィーンのシュベヒャト空港でのこと。

旅行者は、ＥＵ内で買った物を購入した店で作成した書類とともに見せれば、約一〇パーセントの税金（Mehrwertsteuer）分が返ってくる。だが、大きなものを買った場合、機内もち込みはできないので、スーツケースの中に入れて、チェックインのさいに書類とともに購入した物品を見せる。機内もち込み手荷物に入れた場合には、チェックイン後、旅券の監査をしたあとで書類とともに物品を見せる。ちょっとややこしいのですが、こういう場合私はかならず職員とぶつかることになっている。

チェックインのさいに、何か起こるだろうなあと思いながら、私が機内もち込み手荷物と一緒に書類の束をごそごそ取り出して見せると、中年の女性職員はそれにさっと眼を通して、「あっち」と（言わずに）ただ搭乗手続きに至る入口を指差す。「その書類の中にはここで見せねばならないものもあるから」と言っても、彼女は「このバカ、まだわからないのか！」と言わんばかりに、「あっち」ともう一度指で示すだけ。

こうなのです。礼儀もへったくれもあったものじゃない。これは自、然、す、ぎ、る！そこで、私がもう一度同じことを強く言って、スーツケースを見せると、やっとスーツケースの存在に気づいて「ああ、そこにあったのね」というふうに（また、何も言わずに）顎《あご》をしゃくってみせる。そして、何事もなかったかのように、「パスポート」と要求するもんですから、私は切れた！　カウンターをどんどんたたいて、「もっとまじめに仕事しろ！」と怒鳴ると、彼女は額に皺《しわ》を寄せ「怒鳴るのは家でしてくれ！」と叫んで、それから腕を組んで同僚の職員を呼び寄せると、「まあ、何という日本人だろう！　わかっていないんじゃないの？」「そんなことはない、彼はドイツ語はできる」……とえんえん議論をしている。ほかの職員も乗客もぽかんと行く末を見ている。金をもらえないのはかまわないが、ここで「逮捕」されたら困る……と思っていると、彼女は「パスポート」とふたたび言うと、憎らしそうに大きな音を立ててぺたんと印鑑を押して、あっけなくオワリ。

こうした反応が——たしかに、あまり頻繁に起こるとくたびれることは事実ですが——、私には結構気持ちがいいのですが、大方の同胞は、とんでもないと恐れをなすのでしょうねえ。成田でしたら、どんなに私が怒鳴っても、職員は壊れたレコードのように、「すみません」を繰り返すだけでしょうね。ま、気が弱く善良な日本人たちは、ウィーン型店員や職員には身の毛がよだつことでしょう。それより、心にもないことがわかっていても、這《は》いつくばるような身のこなしと顔の筋肉が痙《けい》攣《れん》したのではないかと思われるような笑みを望んでいる。ですから、「改革」がしごく難しいことはわかっているのです。

現代日本には「表現の自由」はない

閑話休題。野蛮でがさつな人が跋扈《ばっこ》しているヨーロッパから、こころ優しい人で充満している大和の国に戻ります。

この国では、結婚式、葬式、定年教授を送る会、出版記念会、新入生歓迎会など、人が寄り集まる明るいところでは、「表現の自由」はありません。みんな自分の不《ふ》手際《てぎわ》を謝り、みんな他人がうらやましく、みんな他人に感謝している。そこには、細部の襞《ひだ》に至るまで「ほんとうのこと」を言ってはならないという鉄則が支配している。何より「ほんとうのこと」を語ることが好きな私にとっては、地獄絵のような恐ろしい光景です。

まず、こうした場で交わされる社交辞令にびっしょり濡《ぬ》れた会話を、そして次に架空の内心の呟《つぶや》きを含めたほんとうの会話を示しておきましょう。

〔イ〕

A「息子が東大に落ちましてねえ」
B「えっ！　優秀なお坊ちゃんですのに。何かのまちがいじゃありませんか？」
A「いやあ、遊んでばかりいましてねえ」
B「じゃ、ちょっと勉強なされば、来年はきっと受かりますよ」

A「息子が東大に落ちましてねえ」
B（そうですか、私、お宅の息子さんの受験など、全然関心ないんですが）
A「いやあ、遊んでばかりいましてねえ」
B（そればかりではないと思いますよ。頭が悪いんじゃないんですか？　あなたも虚栄心の強い人ですねえ）

〔ロ〕
A「このごろ、ぐっと老《ふ》け込んだようだ」
B「とんでもない！　お肌なんかつやつやして、とってもお元気そうですよ」
A「いまは酒が入っているからだろう。何しろ記憶力は減退するし、新しい研究はさっぱりわからんし、もう隠居でもするしかないな」

B「先生、何おっしゃっているんですか！　もっとがんばってもらわなければ、困りますよ」

A「このごろ、ぐっと老け込んだようだ」

B（ほんとうですね。私もあまりの老けようにびっくりしましたよ）

A「何しろ記憶力は減退するし、新しい研究はさっぱりわからんし、もう隠居でもするしかないな」

B（それが賢い選択ですね。もうこんなところをうろうろしているのはやめてください）

〔ハ〕

A「この前出した本、きみはどう思うね？　いろいろ批判もされたが」

B「先生、私にまで送っていただき恐縮です。前からご出版が楽しみでしたので、夢中で拝読しました。これは、戦後日本の哲学研究の中でも記念碑的なものとして残るのではないでしょうか？　みごとな構成と明晰《めいせき》な叙述で、批判する人の気が知れません。何を勘違いしているんでしょうね。まったくわかっていない、としか言いようがないですよ」

A「この前出した本、きみはどう思うね？　いろいろ批判もされたが」

B（まだ読み終えていません。いままでのものと大して変わりばえもしないようだから、ずっと放っておいたのですが、ああそうだ、きょうお目にかかったら聞かれるにちがいないと思い、迷惑なことだなあと感じつつ、大慌《おおあわ》てで読みはじめました。でも、ちっともおもしろくないから、すぐに投げ出しました。だいたい、送ってもらったら、私が取るものも取りあえず読んで絶賛すると思い込むなんて傲慢《ごうまん》ですよ）

もちろん、現実にはこんな反抗的な「内心の言葉」ばかりとは限らないでしょう。しかし、私は自信をもって言えますが、（　）内は、誰でも学会のパーティーで目上の相手としゃべっているうちに、ふと脳裏をよぎる言葉ではないでしょうか。

ここで本題に戻って、感謝の気持ちに限定してみますと、それがいかにきりきりとわれわれを縛るかは、反対をちょっと口に出してみればわかる。息子が就職の世話になったある男に、パーティーの席で会ったときの紋切型の会話は次のようなもの。

A「やあ、久しぶり。息子さん、元気でやっとるかい？」

B「その節は、ほんとうにありがとうございました。Aさんは命の恩人だと言って、本人も張り切っています」

A「そりゃ、大げさだなあ。はっはっはっ。すばらしい青年だからと押しの一手でうまくいったんだがね、ま、意外とたいへんだったよ」

B「ほんとうに、感謝の言葉もありません」

A「また何かあったら、言ってよ。力にはなるから」

B「ええ、ほんとうにもったいないお言葉でございます」

こうして、Bは世話になったことの代価の重さを実感し、全身で自分の浅はかさを後悔し、もう金輪際《こんりんざい》Aには世話になるものかと心に決める。たしかに、BがAに対して、「あなたには何も感謝していません」と語れば、「人の道」に反するでしょうが、自分の気持ちにできるだけ正直に「たしかに感謝しているんですが、息子があの会社に勤めているかぎりあなたに感謝しつづけることは苦痛です」と語っても、いや「普通程度には感謝しているのですが、あなたがあまりにもそれを期待しているのが不愉快で」と語っても、「とっても感謝しているんですが、もうあなたに感謝することに疲れました」と語っても、爆弾を投じるようなもの。相手との絶交の響きばかりか、人間社会からの絶交の響きももってしまいます。

「すべてを神に感謝せよ！」

ここで少し毛色の変わったところに眼を転じると、姉のキリスト教の宗派は「すべてを神に感謝せよ」と教えている。何しろ「すべて」ですから、大変です。友人から騙《だま》されて一〇〇万円巻きあげられても、感謝しなければならない。夫が痴漢の容疑で捕まっても、感謝しなければならない。息子がいじめに遭って自殺寸前でも、感謝しなければならない。神の計画は「完全」だから、われわれ人間にとっては理解できないことでも、ひとまずそれが起こったことに感謝すべきなのです。

これは、ライプニッツの「オプティミスム（optimisme）」に似ている。世の中を見渡せば悪や不幸や禍《わざわい》だらけに見える。しかし、それはわれわれ人間が不完全な限られた視点から見ているからなのだ。神はいつも全体を眺めている。そのうえで計画したのだから、いつも全体にとって最も善いことしか生じていないはずなのだが、われわれの限られた眼にはそう見えないだけなのだ……、というわけです。北朝鮮に拉致《らち》された娘の両親も、小学校に乱入した男に殺された息子の両親も、それは全体の視点から見れば最善のことだったと悟らねばならない。これは、なんときついことでしょうか。ライプニッツの思想は、私にとって実感としてわからないのですが、もう少し踏み込むと「常に神の計画を忖度《そんたく》して最善であろうと努力せよ、だが、その努力がいかに報われなくとも、その結果がいかに（人間の眼から見て）悪かろうと、起こってしまえばじつは神の眼から見れば最善のことだったのだと知れ」となりましょうか。これは、なかなか人生訓としては優れています。生きていけないほど打ちのめされた人々が、それでもあきらめきった、すさんだ人生を送るのではなく、生き生きと生き抜くためには、こうした「オプティミスム」は有効なのでしょう。

それにしても、姉の教会に行くと、みなどうしたというほどにこにこしている。無性に居心地が悪いと同時に、日々こう考えるように修行を積むと、こういう顔になるんだなあという印象です。また、その教会は「スピリチュアリズム（spiritual-ism）」の系統にもあって、悪はかならず物質的なことに結びついており、この世の物質的なことはすべて「無」なのです。なお、西洋思想を通じて「物質的」という言葉を「悪」に結びつけて価値的に使うのはよくあることです。あらゆる人間の欲望を、物質的欲望と精神的欲望に分ける。性欲や金銭欲や支配欲などの「悪い」欲望は物質的欲望であり、神を知りたいという欲望や、隣人を愛したいという欲望や、道徳的に高まりたいという「善い」欲望は精神的欲望なのです。

そして、――また姉の教会の話に戻りますが――物質的なものはじつは無いのだが、われわれの心のもちようによってあたかもあるかのように見えてしまう、いわば幻想なのです。幻想はそれを言葉に出すと、あたかもあるかのような感じにわれわれを導いてしまう。だから、いっさい悪いことを口に出してはならない。悪は幻想なのだから、われわれの心が真実のみを信じて幻想に騙されまい、という毅然《きぜん》とした態度を取れば、ひとりでに消えるというわけです。ですから、姉の教会の友達が来ると、姉が真っ赤な顔をしてごほんごほん咳《せき》をしていても「Aさんお元気そう！」と挨拶《あいさつ》するのです。姉はむしろブスなのに、みんなで「まあ、Aさん、きれい！」と賛嘆するのです。

こういう厳しい「修行」は、まあここではこれ以上立ち入ることはやめましょう。ただ、こういう過酷な環境で育ったから、私は感謝の気持ちに対する拒絶反応を示すのかもしれません。

卒業生へのはなむけの言葉

私は「はなむけの言葉」が大嫌いです。なぜなら、それは、普通、目前に開けている世界に船出する若者たちを「励ます」言葉で埋もれているからです。病、老、死をはじめ、人生の暗い側面に蓋《ふた》をして、希望をもって積極的に生きる姿勢ばかりが強調されるからです。ですから、こうした言葉を口に出す立場にならないように、細心の注意を払ってきたのですが、二年前についに学科長にされてしまい、その任期の最後の最後に学内のパンフレット『学園だより』に卒業生に対するはなむけの言葉を書かざるをえなくなった。逃げ切れず、さんざん迷ったすえに、この機会だ、ボツになってもいいから「ほんとうのこと」を書こうと決意して、えい、やあ、と書いてしまった。

それがどんなものかは、あとで紹介することにして、誤解のないように言っておきますが、とはいえ私は巣立っていく若い人々を見て、人並みにいいなあと思いますし、彼らに呪《のろ》いの言葉をぶつけたいわけではない。つまり、この世は誰でも知っているように、どんなに努力しても駄目なときは駄目だし、たえず偶然にもてあそばれるし、人の評価は理不尽であるし、そして最後は死ぬ……こういうことも含めて人生だ、というあたりまえのことをそのまま言いたいだけなのです。ですから、何も難しいことではなく、例えば普通のはなむけの言葉の各文のあとに「どうせ死んでしまうのですが」というワンフレーズを付け加えるだけで、私の気持ちはかなり正確に伝わる。例えば、同時に掲載されたN先生の「個性輝く人生の門出に向けて」と題するはなむけの言葉を、私の趣味にかなうように「修正」すれば次のようになります。

ご卒業ご修了おめでとうございます、どうせ死んでしまうのですが。みなさんはこの人生の新しい展開に、やや不安を抱きつつも、大きな希望に胸膨らませていることでしょう、どうせ死んでしまうのですが。……幸いみなさんはこの電通大で「個性をかたちづくる」一つである専門性を手に入れました。将来を見据えて、これを大きく育てるとともに、みなさんの内なるもの（まだ自覚できていないかもしれませんが）を引き出し、ますます自己の個性化に拍車をかけてほしいと思います、どうせ死んでしまうのですが。……社会に出ると、かつて経験のない困難に遭遇することもあるでしょう。そういったときこそ、みずからの個性を見失うことなく、困難を糧《かて》として、大きく成長する機会にしてほしいのです、どうせ死んでしまうのですが。何年かの後に、逞《たくま》しく成長した皆さんの笑顔に会えれば、これほど喜ばしいことはありません。今後の健闘を切に祈ります、どうせ死んでしまうのですが。

さて、不思議にもボツにならなかった私のはなむけの言葉は次のものです。これが、諸先生方の勇ましいはなむけの言葉に取り囲まれて掲載されているのは、まさに計算どおりで、その「絶景」にうっとりするほどです。

学生諸君に向けて、新しい進路へのヒントないしアドバイスを書けという編集部からの依頼であるが、じつはとりたてて何もないのである。しばらく生きてみればわかるが、個々人の人生はそれぞれ特殊であり、他人のヒントやアドバイスは何の役にも立たない。とくにこういうところに書き連ねている人生の諸先輩の「きれいごと」は、おみくじほどの役にも立たない。

振り返ってみるに、小学校の卒業式以来、厭《いや》というほど「はなむけの言葉」を聞いてきたが、すべて忘れてしまった。いましみじみ思うのは、そのすべてが自分にとって何の価値もなかったということ。なぜか？　言葉を発する者が無難で定型的な（たぶん当人も信じていない）言葉を羅列しているだけだからである。そういう言葉は聞く者の身体に突き刺さってこない。

だとすると、せめていくぶんでもほんとうのことを書かねばならないわけであるが、私は人生の先輩としてのアドバイスは何ももち合わせておらず、ただ私のようになってもらいたくないだけであるから、こんなことはみんなよくかっているので、あえて言うまでもない。これで終わりにしてもいいのだけれど、すべての若い人々に一つだけ（アドバイスではなくて）心からの「お願い」。どんな愚かな人生でも、乏しい人生でも、醜い人生でもいい。死なないでもらいたい。生きてもらいたい。

後日談。これはかなり評判がよかった。少なからぬ学生や先生が「中島先生の文章がいちばんおもしろかった」と言ってくれましたし、中には「ほんとうのことを書いているのは中島先生だけだ」とさえ言ってくれる人もいました。ただそう言うだけの人、そして自分は依然として因習と慣習にがんじがらめになった言葉を発している人、そういうずる賢く不誠実な人に正確に矛先を向けて、私は書いているのに！

❸ みんなの喜ぶ顔が見たい人

過分な要求

「みんなの喜ぶ顔が見られたらそれでいい」「みんなが喜んでくれるだけでうれしい」……こういうせりふをこの国ではなんと頻繁に聞くことでしょう。そして、私はこういうせりふがなんと嫌いなことでしょう。なぜなら、彼らは自分の望みがとても謙虚なものと思っている、という根本的錯覚に陥っておりながら、それに気づいていないからです。「みんなの喜ぶ顔が見たい」とは、なんと尊大な願望でしょうか！ その願望は、結局は自分のまわりの環境を自分に好ましいように整えたいからであって、エゴイズムなのです。もちろん、私も筋金入りのエゴイストですが、少なくともそれに気づいている点、ましだと言えましょう。

これまで見てきた「私の嫌いな人」は、掛け値なしのエゴイストであっても、それに気づいていない人としてくくられる。なぜ、気づかないのか？ 日本の社会全体が、それを気づかなくさせるようなトーン（保護色？）をもっているからです。こういう人は、自己利益をしたたかに求める功利主義者でもある。なぜなら、いかにも自分を押し殺し、どこまでも他人を、集団を立てるようなふりをしていますが、そうすることが評判はじめざくざくと自己利益を呼ぶことを知っているからです。

市民運動やボランティア活動や慈善事業が私は生理的に嫌いですが、それは、「みんなの喜ぶ顔」を期待できるような領域に限られているからです。アフリカの新興国に小学校や病院を建てる、井戸を掘る、援助物資を送る。戦場であった国から地雷を撤去する、難民を保護する。痴漢の出る夜道を近所の男たちがパトロールする、保育園の生徒たちが老人ホームを訪問して、歌を歌い芝居をする等々、「みんなの喜ぶ顔」が見られるものばかりです。

それにとりたてて反対はない。しかし、小学校のとき以来「みんな」とずれていた私は、校長先生が朝礼で「みんなにとって嬉《うれ》しいニュースです」とにこにこ顔で報告しても、それは完全給食（当時はこう言っていた）が実施されることだったり、プールや体育館が完成したことだったり、六年生の林間学校が開始されることだったりで、ちっとも嬉しいニュースではなかったことを憶《おぼ》えている。給食や体育や遠足がなければどんなに嬉しかったことか！　学校が勉強だけするところだったら、どんなに救われたことか！　しかし、「みんな」にとって嬉しいことであるから、聞かれたら「嬉しい」と答えねばならないことも知っていました。

しかし、当時の文部省も、市役所も、教育委員会も、大部分の先生も、大部分の親も、大部分の生徒も、嬉しかったのでしょう。校長は、舌鼓《したつづみ》を打って給食を食べる子供たち、プールで大声を上げてはしゃぐ子供たちを、そっと覗《のぞ》き「みんなの喜ぶ顔」を見て満足だったのでしょう。おわかりでしょうか？「みんなの喜ぶ顔が見たい人」とは、マジョリティ（多数派）の喜ぶ顔だけが見えて、マイノリティ（少数派）の苦しむ顔が見えない人なのです。ここに言うマジョリティは、数の問題ではなく、「まとも」ということであり、「まともな子供」は給食やプールの使用や林間学校が楽しくてしかたないはず。それが「正しい」のだから、そういう子供の希望だけを汲《く》み取り、あとは切り捨ててよい。

この作業は、「まともな子供」ばかりでなく、広く「まともな青年」や「まともな中年」や「まともな老年」や「まともな男」や「まともな女」に拡大される。「みんな」とは「まとも」と同義だということに何の疑問も感じない人だけが、「みんなの喜ぶ顔が見たい」と言って平然としているのです。私はこの態度がまちがっていると言いたいのではない。何か社会的なことをするには、それをターゲットにするしかないでしょう。そうではなく、それを自覚しないで「みんな」と言っている点が鈍感で欺瞞《ぎまん》的で厭なのです。

みんなの喜ぶことを喜ばないと「迫害」される

ここには、かなり深刻な問題が横たわっている。「みんな」とはすなわち「まとも」であるから、どこにおいてもマイノリティは、まともでないとみなされるのが恐ろしくて、「喜ぶ顔」をする。マジョリティは、その苦しみが絶対わからない。

わかろうとしない。そして「みんな喜んでいる、いいなあ！」と感激している。

おわかりでしょう。残酷なほどの感情の統制が、この場を支配していますが、人間は一般に、嬉しいのに嬉しくないふりをすることは比較的容易にできますが、嬉しくないのに嬉しいふりをすることはずいぶんくたびれる。ゲイであって、同性に興味があるのに興味のないふりをすることは比較的簡単ですが、異性に興味がないのに興味があるふりをすることはとても辛《つら》い。鶏肉《とりにく》が大好きなのに嫌いなふりをすることは比較的容易ですが、鶏肉が大嫌いなのに好きなふりをすること――まして、喜んで食べること――は試練です。

でも、この試練に耐えないと、排斥され迫害されますから、必死の思いで自分のほんとうの感情を押し殺して、正確に逆の感情を表出しつづける。くたびれはてる演技を四六時中続けなければならないのです。

このことを、とくに私は二〇年前から開始した特殊日本的騒音との戦いで痛感しました。これまで何度も書きましたが（例えば『うるさい日本の私』新潮文庫）、私は日本国中を覆《おお》っているあの「音」が厭でたまらない。すなわち、日本の街を歩くと、「エスカレーターにお乗りのさいは……」とか「左に曲がります、左に曲がります」

とか「駆け込み乗車は危ないですからおやめください」とかの、甲高いおせっかい放送が、銀行のキャッシュディスペンサーの「いらっしゃいませ、毎度ありがとうございます」とか「カードをお取りください、ありがとうございました」という挨《あい》拶《さつ》が、スーパーでもデパートでも「本日のお買い得商品は……」とか「本日の催し物は……」とかの案内が、はたまた商店街を歩いていても「寝たばこはやめましょう」とか「秋の交通安全週間です」とかの轟音《ごうおん》放送が、住宅街を散歩していても「いしゃーきいもー」とか「おいしいアイスクリーム！」とかの物売り放送が、さらに人の集まるところには、マイクを握りしめた警察官の「危ないですよ！　押さないで！　押さないで！」という絶叫が、要するに聞きたくない者の耳にも、雨あられのようにあの「音」が入ってくるのです。

私は仲間たちと執念深く抵抗運動をしてきましたが、いくら運動しても虚《むな》しさが残るだけ。この運動は、どうあがいても市民運動になりえないことがわかりました。なぜなら、「みんな」すなわちマジョリティはこうした「音」の全廃をまったく望んでいないから、なんともないから、いや、やはり必要かなあと思っているからです。とすると、逆流して、こうした「音」を聞き流している人が「まともな人」になってしまい、それに耐えられない苦痛を覚える人はまともでないと判定されてしまう。「みんなの喜ぶ顔が見たい」という願望は、はじめの段階でうち砕かれます。

この体験から私は多くのことを学び、何の疑いもなく「みんなの喜ぶ顔が見たい」と言う人を嫌うようになった。マイノリティを押しつぶす加害性、それにもかかわらずそれに気づかない鈍感さ……ああ、嫌いだ、嫌いだ！　こうした人は「いい人」なので、その暴力性を訴えても、何のことかわからない。私でさえ、小学校・中学校のころから五〇年も経《た》ってから、やっとその根本的おかしさを表現することができたのですから。

しかし、わずかですが、プラスの材料もある。わが国も最近はやっと「文明開化」して、ひところに比べると、ずいぶんこうした「まともでない人」にも目を注がざるをえないようになった。フリーターやニートやひきこもりや自殺者の数が増し、家庭内暴力や離婚や子供への虐待《ぎゃくたい》や薬物依存症の数値も激増している。だから、誰ものほほんと「働くのはまともだ」とか「わが子をかわいがるのはまともだ」とは言いにくくなった。コストはかかっているけれど、なかなかいい社会に移行しているような気がします。

ひと昔前までは「孫の顔を見たい」というせりふは好意的にとらえられたけれど、いまやバカ親のせりふと相場は決まっている。新婚夫婦に「赤ちゃん、まだなの?」と聞くことは、犯罪的ですらあると思われている。わが国も、少なくとも私にとっては、なかなか住みやすい社会に変容しつつあるようです。

自分のことをいつも後回しにする人

それにしても、古典的日本的「いい人」は、絶滅するどころか、うじゃうじゃ繁茂していて、現実社会が殺伐としているからこそ、理念的にはますます健在といったところがある。「人間的な温かいふれあい」は、理想(理念)として生きつづけている。このあたりが、なかなか曲者《くせもの》なのです。

ウーマンリブはじめ、さまざまな被差別運動を経由し、差別語に神経を尖《とが》らせている現代日本人は、そういう厳しい規制をどうにか潜《くぐ》り抜けてきましたが、やはり「いい人」の(マックス・ウエーバーの言葉を使えば)「理念型」は、私の小さいころと比べても、いや戦前と比べても、いや明治以来、いや江戸時代にさかのぼっても(?)、あまり変わっていないように思われる。それは、自分を押し通すことなく、あくまでも控え目で、まわりの人の気持ちをよく察し、自分のおかれている立場(分)をよくわきまえて……という、ですからモデルとしては女性のほうが「ああ、ああいう人か」とイメージがつかみやすい。

こういう人って、私のまわりにはこれまで割りとたくさんいて、嫌いというより、そばにいると居心地が悪い。彼女は自分のまわりにいる人びとをことさら大切にする。それが、彼女の子供とか夫に限られれば、エゴイズムの拡大形態としかみなされないのですが、こういう人はもう少し射程距離が長く、友達や、場合によっては、会社の同僚とか遠い親戚《しんせき》の人とか、それほど親しくない知人に対しても、とても優しく親身になってあげる。こういう人は典型的に「いい人」なんです。もちろん、だから彼女を知っている人々のあいだではすこぶる評判がいい。

「朋子《ともこ》ったら、いつもみんなの心配ばかりして。もっと自分の幸せを考えなさいよ!」と背中をたたかれても、静かに笑っているだけ。気がつくと、またみんなのために奔走し尽力してしまっている。いつも親身になって他人の恋の仲立ちをしたり、失恋の傷を癒《いや》してあげたり、元気が出るように手料理をもっていったり……しかも、見返りを求めない。以前観《み》ていて最近は観ていないのですが、NHKの朝の「連続テレビ小説」（これを「朝ドラ」と呼ぶのには抵抗がある）の主人公って、大体こういうタイプが多い。一つの国民的理想人格なのでしょうね。

なぜ、こんな「いい人」が目障《めざわ》りかと反省してみますに、けっして私の良心が咎《とが》めるからではありません。そうではなくて、彼女は「不幸な人」を放っておかないからです。けっしてお節介というのではないのですが、ちょっとした不幸をかぎつけるや、もうそれを無視できない。すぐに「慰めよう」と思ってしまう、いや行動してしまう。

彼女の申し出は、けっして押しつけがましくなく、だから断ってもかまわないのですが、そういうとき彼女はとても寂しそうな顔をする。「そう」と小さくつぶやくだけなのですが、失望を全身で表わす。やかんのような鈍感な輩《やから》でしたら、それも何ともないのでしょうが、私は神経が細やかにできているので、これを無視できない。つい好意を受け取ってしまうことになる。そうすると、彼女の顔がぱっと輝いてとても嬉しそうな表情になる。彼女は、どんなにいじめられようと、悪態をつかれようと耐え忍び、けっして仕返しをせず、相手を尊敬しつづける。

おわかりでしょう。『東京物語』の原節子から、『君の名は』の岸惠子《けいこ》、『二十四の瞳《ひとみ》』の高峰秀子《ひでこ》（とはいえ、私はこれが大好きであって、これを演ずる高峰秀子も大好き）、『続・氷点』の島田陽子に至るまで、昔の映画のヒロインって、みんなこのようでした。それにしても、こんなに「心のやさしい」人であって、さらに絶世の美女なんですから、いつかみんなのほうが折れて、彼女が凱歌《がいか》を揚げることになるという結論は、火を見るより明らかですよね。

難民のしたたかさ

「みんなの喜ぶ顔が見たい人」の中には、もう少しがさつな変種もあって、それは他人の世話を焼きたくてたまらない人。これも、また圧倒的に女性が多い。私はこれまでの人生でこういう女性にうんざりするほど会ってきました。

彼女たちには、曽野綾子《そのあやこ》の講演集『聖書から学ぶ人生』（新潮カセット）の中にある難民とその援助に関するところをじっくり聞いて、センチメンタルな同情心ではなく、真の意味で彼らを救うことが、どんなに気の遠くなるほど大変なことか、自覚してもらいたい。難民というと「心のきれいな犠牲者」と思っている人が多いでしょうが、とんでもない。曽野さんは、「生きるために、彼らがどんなにずる賢く、どんなに嘘《うそ》つきか知っていますか？」と問いかける。「みなさまが難民におなりになったら、もっとすごいと思いますけれど」というくだりで、会場の聴衆はどっと笑いますが。

世話を焼きたい人とは、自分が世話を焼きたい人に、世話を焼きたいときだけ、世話を焼く人です。彼らが、それはすべて自分の自己満足のためだと自覚してくれればいいのですが、おうおうにして相手に「感謝」を求める。これだけけしたのに、自分に対する「感謝の気持ち」が相手にないとわかると、むくれる。いいですか、人の世話を焼くのは自由ですが、断じてそれだけは望んではならないのです。場合によっては、相手から手ひどい仕打ち、理不尽な誤解を受けてもしかたないと割切って、人の望むことをかなえてあげるかぎり、あなたの援助活動は本物でしょう。

さて、カセットテープの話が出たついでに言っておきますと、私はカセットテープで有名人の講演を聴くのが好きですが、数ある講演カセットテープの中でも曽野綾子は光っている。彼女の声には艶《つや》があり、上品で、誠実な雰囲気に充《み》たされ、その美しい顔を知っているからでしょうが、あでやかないでたちを髣髴《ほうふつ》とさせて、なかなか余人のなしえないものです。小林秀雄《ひでお》は——好みにもよるでしょうが——断然活字で読んだほうがよい。あの落語家のような、甲高いいくぶん軽薄な言い回しは、味があると言えばあるのですが、どうも好きにはなれません。

小説の朗読をカセットテープで聴くのも、おもしろい。天才作家の作品は耳で聞いても心地よく感動的です。とくに、宮沢賢治の作品は——朗読者が私の大好きな岸田今日子や市原悦子でもあるからでしょうが——、東北弁と子供言葉と擬音語が交じり合って、すばらしい詩的世界を開いてくれる。ほかに、太宰《だざい》治や芥川龍之介《あくたがわりゅうのすけ》の作品も、文章の調子がよく、すいすい耳に入ってきます。

先日、飛行機の中で聴こうとして、成田空港で篠田《しのだ》三郎《さぶろう》の朗読（しっとりしたいい声ですね）による中原中也《ちゅうや》の詩集を買い求めたのですが、「愛するものが死んだ時には、自殺しなけあなりません」で始まる絶唱と言っていい「春日狂想」より、もっとさらっとした感覚の「また来ん春……」を聞いているうちに、彼が二歳の息子（文也）を失ったときの気持ちに感情移入して、涙が止めどもなく流れてきました。

また来ん春と人は云《い》ふ
しかし私は辛《つら》いのだ
春が来たつて何になろ
あの子が返つて来るぢやない

おもへば今年の五月には
おまへを抱いて動物園
象を見せても猫《にやあ》といひ
鳥を見せても猫《にやあ》だつた

夜回り先生

もう一人、現代の講演の名手を挙げよと言われたら、夜回り先生こと水谷修さんを挙げたい。テレビで数回見ましたが、ほんとうに上手ですね。私は講演が苦手

（そして下手）なので、うらやましくなるとともに、「ああはできない」と確信してしまいます。なぜなら、彼のうまさの背後には、自分の言葉に対する絶対的自信があり、そのまた背後には自分の思想に対する絶対的自信があるからです。親をはじめ大人たちに見離され、夜の街に出て、薬物に漬かっていく少年たちを救わねばという彼の意志にはすごいものがある。その揺らぐことのない信念に基づいた行動力には、脱帽するしかありません。

私は、じつは二度ほど彼に会ったことがあるのですが、なかなかの二枚目で、誠実さが全身から匂《にお》うような（ですから私とはかけ離れた）風貌《ふうぼう》の男です。彼の言葉には嘘はない。どこまでも真実です。衒《てら》いもない。彼は本心から、ただ少年たちに立ち直ってもらいたいがために行動している。そのすべてに裏はありません。結果として有名になり、多くの少年たちやその親たちやその教師たちに呼びかけるためには、有名であるほうがいいのですが、彼にとって有名であるとはそれ以上の意味がないことがひしひしと伝わってくる。どこまでも尊敬すべき人物のように思われました。

とはいえ、私に違和感が残ったことも事実です。それは――彼をわずかにでも非難しているわけではありませんが——、二つの要因からなっている。一つは、夜の世界を脱して昼の世界に戻ればそこにはすばらしい人生が待っている、と若者たちを鼓舞していること、そしてもう一つは、きみたちが夜の世界に逃れ、覚醒剤《かくせいざい》に手を出し、心身を崩壊させていく……このすべては、きみたちをしっかり抱きしめ愛さなかった大人が悪いんだ、きみたちは純粋な犠牲者なんだ、という論理。あとの論理は、子供はすべて純粋なのだ、愛されたいのだ、という水谷さんの確信に行き着き、それに対する違和感でもあります。それでも、子供がこうして身を破滅させていく責任はおおかた大人にあるという点では納得がいくのですが、前の論理によって、私は完全に躓《つまず》いてしまう。

昼の世界に戻っても、「すばらしい人生が待っている」わけではないことをからだ全体で知っているからです。それは、ヤクに溺《おぼ》れ、ヤクを手に入れたいがために、犯罪を繰り返し、強姦《ごうかん》に近い扱いを受け……という生活より、しっかり学校に行き、自分の好きなことを見つけて……という「健全な」生活のほうがさしあたり幸せなことは確かです。でも、私はすぐ、「その次は?」と問いかけてしまう。こうした論理は、そのあとにごく自然に、就職し、結婚し、家庭を築き……という限りなく

「普通のこと」に接続する論理でもある。しかも、その果ては死なのですから、私は「やはり、それもつまらないんじゃないのかなあ」と呟《つぶや》いてしまうのです。

私のもとに集まる青年たちは、じつはこの呟きから出発している。昼の世界で生きつづけても結局はつまらないことを知ってしまった者たちに対して、慰める言葉を私はもち合わせていません。言いかえれば、水谷さんは「自分に鞭《むち》打って昼の世界に戻り、血が出るほどの努力をして生き抜いても、それでも結局いつか死んでしまうんだ」という叫び声に対して、答えを与えていない。水谷さんにとっては、青年たちがさしあたり昼の世界で元気に生きてくれればいいのであって、それはよくわかるのですが、私はこの問いをごまかしては、何ごとも始まらないと思っていますので、違和感が残るということです。

家族至上主義

以上の違和感は、水谷さんがほとんど神聖なものとしている「家族」に対する反感でもあります。水谷さんの講演には、貧乏ゆえにいじめられても親に心配かけまいと必死に隠しとおす少年が何度も登場するのですが、彼にはこの少年に対する無条件の共感の姿勢がある。そのことに異存はないのですが、ともすればこうした姿勢は家族に対して覚めた眼で見ている者に対して冷たい視線を浴びせやすい。親のことをあまり思わない少年に対して、自然に批判的態度になる。

これは、ごくありふれた態度で、あるテレビ番組は、いつもぐれた娘が「改心」してまともな道に戻るという実話を取りあげているのですが、なぜか最後はかならず彼女が花嫁衣裳《いしょう》に身を包んで、父親に感謝の言葉を告げ、父親も娘もその場で泣き崩れるということになっている。まともな道に戻った証《あかし》の象徴が、花嫁衣裳というわけで、このあとは孫というわけなのでしょう。こうして、さらにさらに家族の掟《おきて》は彼女を縛りつづける。まともに戻ることの中核にでーんと「家族」が鎮座しているわけです。私は、まさに紋切型の家族観こそ、そこにほとんど何の疑問ももっていないからこそ、排他的で暴力的だと思うのです。

たしかに、病気になったり、事故に遭ったりした場合、いちばん親身になってくれるのは家族であって、だからこそそんな折りにあらためて家族のありがたさが身に滲《し》みるというわけでしょう。しかし、これを裏返しに見ると、そういうときは家族がいちばん心配すべきだ、そのほかの者はその次に心配すべきだ、という無言の掟があるということ。家族をさしおいて、心配してはならないということ。家族だけが堂々と心配していいということ。これはもう残酷なほどの掟なのです。ですから、「昨夜、妻が亡《な》くなりました」と言えば、みんな真顔で応対してくれるのに対して、「昨夜、めかけが亡くなりました」と訴えても、みなそっぽを向くだけ。「夫が交通事故に遭って重症なんです！」と言えば、「えっ！」と驚いてくれるのに、「不倫相手が交通事故に遭って重症なんです！」と涙ながらに語ってもみな顔を見合わせるだけ。このすべては社会的ゲームなのですが、みんななんと巧みにこのゲームを遂行することでしょうか。家族は社会的制度であるのに、それは同時に自然の姿だという了解に支えられており、家族だけはその特別の緊密さが社会的に承認されている。ここに、私はいかに家族のためにあたふたしている人を見ようと、同時に思いあがりを嗅《か》ぎつけるのです。

「家族っていいなあ」としみじみ呟く人は、こうした掟をごく自然に受け入れ、それがいかに排他的人間関係を築いているかに対する疑問があまりない人と言えましょう。私は、こうした批判的視点の欠如した家族主義を「家族至上主義」と呼び、その単純で鈍感な暴力性を告発してきました。家族が大好きな人がいても、ちっともかまわないのですが、それはけっして人類共通の理想ではない。家族を望まない人、家族が嫌いな人、家族に恨みを覚えている人など、山のような家族批判論者がいて当然なのです。

とくに私が嫌いなのは、こういう人はおうおうにして家族をありがたがる自分の感受性を「自然」と考えてしまうことです。自分たちは自然なのですから、不自然な人々を「治さねば」ならない。そうではなくても、哀れみをもたねばならない、こう考えがちです。家族のない人って、「かわいそー」っていうわけです。

「関白宣言」

それにしても、さだまさしの「関白宣言」ほど私の心を逆なでするものはない。聴くたびに（何度も聴くのです）歌詞の一行一行にからだの底まで染《し》み込むほどの不快を覚えます。以下、全部書き写します。

おまえを嫁にもらう前に、言っておきたいことがある
かなりきびしい話もするが
俺のホンネを聞いておけ
俺より先に寝てはいけない
俺より後に起きてもいけない
めしはうまく作れ いつもきれいでいろ
できる範囲でかまわないから
忘れてくれるな 仕事もできない男に
家庭を守れるはずなどないってことを
おまえにはおまえにしか できないこともあるから
それ以外は口出しせず 黙って俺についてこい
おまえの親と俺の親と どちらも同じだ大切にしろ
姑《しゅうと》 小姑《こじゅうと》 賢くこなせ
たやすいはずだ 愛すればいい

人の陰口言うな　聞くな
それからつまらぬ嫉妬《しっと》はするな
俺は浮気はしない　たぶんしないと思う
しないんじゃないかな
ま、ちょっと覚悟はしておけ
幸福は二人で育てるもので
どちらかが苦労してつくろうものではないはず
おまえは俺のところへ　家を捨てて来るのだから
帰る場所はないと思え　これから俺がおまえの家

子供が育って年をとったら
俺より先に死んではいけない
例えばわずか一日でもいい
俺より早く逝《い》ってはいけない
何もいらない　俺の手を握り

涙のしずく二つ以上こぼせ
おまえのおかげでいい人生だったと
俺が言うから　かならず言うから
忘れてくれるな　俺の愛する女は
愛する女は　生涯おまえひとり
忘れてくれるな　俺の愛する女は
愛する女は　生涯おまえただひとり

意図的に古い男のホンネを語っているふりをしている。しかし、じつはなんにも古くなくて、文章のいたるところに近代西洋的愛・近代西洋的家庭像が満ちあふれている。普通の男は、結婚するまでは新しい男を演じながらも、結婚後は古い男を丸出しにするのですが、この男はまったく逆に、古い男を演じながら、そのじつとても新しい男なのです。荒っぽく見えて、とても繊細なのです。古い格式にとらわれているようでいて、じつは女の人格を尊重し、彼女を心から愛しているのです。

その語るところは、すべて常識的なのですが、だからこそ、そこには真実がある……と、相手にじわじわ思わせようとする。そして、女が最も望むものをしっかり提示し、あとは適当に男の（誠実な？）わがままも加味して、「おまえしかいない」という宣言をあらかじめしておく。俺は模範的な男でも模範的な夫でもないが、あくまでもごまかしのない気持ちを表明した、俺にはそれしかできない、それをわかってくれ！　ここには、相手がこのすべてを受け入れてくれるに決まっている、とすでに期待してしまっている男の甘えが臭いほど漂う。しかも、将来の妻からのみならず、世間からも微笑をもって迎えられるはずだ、とちゃっかり計算済みのずる賢さの臭気が漂います。

私の講演後、三人が精神に変調をきたした？

私はほんの時たま講演依頼が来て、そのうち半分ほど引き受けて、ですから、そうですねえ、年に四～五回ほど講演をします。

昨年七月には、慶應《けいおう》義塾大学湘南《しょうなん》藤沢キャンパスの福田和也《かずや》ゼミで講演しました。福田さんとはあまり親しくないし、彼が私を特別評価しているわけでもないのに、なぜ私が呼ばれたかというと、かつて私の主宰していた（そして、昨年秋に閉鎖した）哲学の道場「無用塾」に来ていたT君がこのキャンパスの学生で、後に福田ゼミに参加することになって、私を呼ぶように福田さんに頼んだからです。福田ゼミではたまに作家を呼んで講演してもらう企画があり、その一環として——福田さんはかなり渋ったが（その理由はあとで述べます）——実現したというわけです。

湘南藤沢キャンパスははじめて訪れましたが、緑に包まれたなだらかな丘陵に灰色のシックな建物が点在し、真ん中に鏡のような池がある。その斜面に学生たちが三々五々寝そべっている。「すばらしい」のひとことに尽きる。まるで（行ったことはないけれど）天国のよう。「無用塾」にはなぜかこのキャンパスの学生が多く来たので——あとで触れますが、二年前に自殺したK君もそう——、とりわけ感慨が深い。聞くところによると、ずいぶん自殺者が多いのだという。こんな環境のいいところにいると、死にたくもなるよなあ、と変に納得しました。

当日は五〇人くらいの学生が出席していて、私の著書『人生を〈半分〉降りる』を中心に、T君がいろいろ私に質問する、という具合に進んでいきました。

時折り暴走して、私が「両親は死にましたが、まったく悲しくなかった。いまや親戚《しんせき》づきあいも完全に断ち切り、妻や息子の顔も見たくない、と宣告しました」というような過激なことを語りますと、T君がなだめるように話の腰を折って軌道修正する。学生たちはみな神妙な顔で聴いている。質問時間になり意外にさまざまな質問が出たのですが、ある男子学生が「でも、自分を生んでくれた親に対して、何の感じもないんですか？」と憮然《ぶぜん》とした顔で尋ねるので「墓参りにも行きません。墓の中には人間の骨という物体があるだけだと思っているので……」と答えました。

その後、新宿まで出て講演者との懇親会と手はずは整っていたのですが、なんと参加したのは予定より一〇人も少なかった。多くの人は、やはりこういう男は厭《いや》なのですね（こう予感したから、福田さんは私を呼ぶのを躊躇《ちゆうちよ》したのです）。

そのしばらく後に、福田さんとあるパーティーの席で一緒だったのですが、顔を合わせるや、あの講演のあとで女子学生三人が精神に変調をきたした、と報告してくれました。

昨年十一月には、これにもめげずに、獨協《どつきよう》大学で「幸福と道徳的善との関係――カントの根本悪の問題を手がかりに」、それに渋谷図書館で「人生の不条理と働くこと」と題して講演しました。前者は、カント没後二〇〇年記念講演会というわけで、後に岩波新書に書いた『悪について』と同じ内容。人間はどうがんばっても悪に陥るしかないことを強調しましたが、背景にカントという権威がそびえているので、みな神妙な顔で聴いている。これが私のオリジナルの思想だったら、あちこちからブーイングが出たことでしょう。

後者は純粋に「私の思想」なので、手厳しい批判の渦が沸き起こった。まず私は読者に対する私固有の感受性を語り、「読者には感謝しているが、その誰にも私は興味がなく、だから個人的に会いたくはなく、サインもしたくなく……」と言ったところで、会場のあちこちで、ずるずる私の本を鞄《かばん》にしまい込む音がする。よくあることなのですが、このときは私が自分自身のしゃべる雰囲気に次第に呑《の》み込まれていって、先の湘南藤沢キャンパスのときより輪をかけて反社会的な自分を強調する結果となりました。

さまざまな質問が投げつけられましたが、最後に七〇歳くらいの老人が「あなたは結婚する資格などない！」と叫びましたので、「ええ、私もそう思います」と答えると、むっとした顔で私をにらみつける。

それにしても、私が講演するんですから、内容は反社会的ないし非社会的なことに決まっているのに、なんでかくも大勢の人（獨協大学には二〇〇人くらい、渋谷図書館には六〇人くらい）が聴きにくるのでしょうか？　そして、「気に入らない」と私に訴えるのでしょうか？　気に入らなければ、うちで寝ていればいいものを、不思議でなりません。

4 いつも前向きに生きている人

考えない人

次は？　あなたのまわりにもきっといると思いますよ。きらきらした眼をじっとやや上方に向けて、降りかかる汚濁物を払いのけ、すさまじい苦労をものともせずに、「いつも前向きに生きている人」が……。

これも、どうも女の人に多いようです。厭《いや》なこと、悲しいことはすぐに忘れ、これからの楽しいことばかり思い描く。どんな悲しい目に遭っても、ひとにだまされても、エプロンでさっと涙を拭《ぬぐ》って、「なんともないの」と明るい笑顔を見せる。こういう人は、じつは人並み以上に厭なことや悲しいことを体験していることが多い。だからこそ、波のように打ち寄せる苦難に押しつぶされそうになるごとに「どんなことがあっても怯《ひる》むな。いつも前向きに生きよ！」と自分自身を励ましてきた。そのうち、それが自分の体内から発せられるのではなく、天の声のようになってしまって、もう駄目だという思いのたびごとにこの言葉がかなたから響いてきて、「ああ、そうだった」とそれにすがるように無我夢中で生きてきた。

女手一つで夫の残した小さな会社を守ってきたとか、小劇場の役者から這《は》いあがってきた、そしてその苦労が比較的報われた中年以降の女の人が、まわりからの賞賛の言葉に対して、それを振り切るように快活に語るときぴったりした言葉です。ここに特徴的なことは、そうでも考えねば、生きていけなかったという自己催眠の臭《にお》いがすること。つまり、心の中を探れば、悲惨なことと理不尽なことが山のようにあったのに、身を切られるほどの屈辱や自殺直前まで追い込まれた自責の念があるのに、それらを無理にねじ伏せているのです。過去に吸い込まれたらもう終わりだ。

だから、過去の思いへと滑っていかないように細心の注意を払って、ひたすら明日を思う。そう、『風と共に去りぬ』のスカーレット・オハラを思い描いてもらえばいいでしょう。

おわかりでしょうか？ けなげにも逞《たくま》しいと言える――ですから大変魅力的な――スカーレットの生き方の裏には、知的なもの、観念的なものへの激しい侮蔑《ぶべつ》の念がある。「現にこの手でつかんだもの」しか信じないという単純きわまる信念がある。「生きること」つまり「食うこと」を無上の価値にしてしまっている。そのためなら、泥棒したって、ひとを欺《あざむ》いたって、裏切ったって、場合によっては殺したってかまわない、こういう「美学」があるように思います。それが――何と言おうと――私には気に食わないのです。

「いつも前向きに生きている人」が女性に多いのは、やはりスカーレットの時代から現代に至るまで、男性に比べて女性がこの社会で成功することが難しいことによるのでしょう。いつも前向きに生きねば、潰《つぶ》されてしまい、やっていられない。しかし、社会のせいばかりではなく、ここにはやはり女性特有の論理があるように思います。それは、一般的に言うと批判されるかもしれませんが、やはり徹底的に現実的に物事を見るという姿勢に行き着く。「生きることを最優先させて何が悪いのか？」という問いが、ごく自然に女性たちの口から出てくるように思います。世の中のタテマエも掟《おきて》も、生きるためには足蹴《あしげ》にし粉々に砕いてもかまわない。女性は一般に、もしそれが「ほんとうの恋」なら、どんな犯罪に手を染めても、他人をどんなに貶《おとし》めても、不幸にしても……かまわない、と思っている。そう意識的に思っているわけではなく、『心中天の網島』や『冥途《めいど》の飛脚』のように、恋のために社会の掟を破るという設定のドラマやフィクションに対してものすごく好意的な反応を示します。多くの女性たちは、「真理」は強く逞しくいきいきと生きることのうちにあり、それを縮減するものは何であれ「虚偽」だと固く信じている点、自覚せずにニーチェの徒なのですね。

こう書いてちらっと思ったのですが、アリストファネスの昔から、女たちは戦争が嫌いです。なぜなら、戦争は「人を殺すから」です。こうした単純明快な論理の前では、どんな男たちのタテマエも、威信も、名誉も、自負心も、クズのようなもの。そんなものにしがみついている男たちが哀れでしかたない。簡単に言い切ってしまえば、男たちは観念によって戦争をするのですが、女たちはそれ以上の価値すなわち「生きること」を知っているがゆえに戦争に反対するのです。なお、誤解のないように。この点にかけては、私は女たちのほうが「正しい」と思っています。男たちの角つき合わす場面たるや、ちょっと離れてみれば滑稽《こっけい》そのものですから。

思いっきり暗い雰囲気の会社を創《つく》りたい！

さて、「いつも前向きに生きている人」は、自分だけそっとその信念に従って生きてくれれば害は少ないのですが、おうおうにしてこの信念を周囲の者たちに「布教」しようとする。「いつも前向きに生きている人」は、とにかく「後ろ向きに生きている人」が嫌いなのです。

こういう人は、「後ろ向きに生きている人」が目障《めざわ》りでしかたない。これは男でも女でも、むしろいかなる組織でも一般的に当てはまるのですが、後ろ向きに生きている人を見つけるや否《いな》や、全身で「調教」しようとする。こうして、――私は会社に勤めたことがないので、よくわかりませんが――日本国中の会社は「いつも前向きに生きている人」を望むようです。

私には、死ぬ前にいくつか実現したい、いや実現できないでしょうから、ただ思っているだけの夢があります。その一つは、思いっきり暗い雰囲気の会社、「いつも後ろ向きに生きている」姿勢を崩さない会社を設立すること。私が社員を採用するときは、その仕事能力は高くなければならないが、それに加えて、儲《もう》けることも働くことも無限に虚《むな》しいと思っている人だけを採る。しかたなく働くという意思を表明する者のみを採る。もちろん、会社ですから、働かない者は容赦なくクビにしますが、生き生きと働かなくてよい。いやいやながら仕事をこなしていればいい。いや、そのほうがいい。そして、ありとあらゆる行事やレクレーションはしない。ただ働くだけの場所です。ずいぶん人が集まってくる優良企業になると思うのですが。

というのも、私は、哲学科の大学院に入ったものの、修士論文が書けそうもなく、家でしばらく寝ていたのですが、生きていくなら会社に勤めるほかないと思って、足を引きずるように家を出て、いろいろの会社に行ってみた。そして、パンフレットをもらって帰ってくるのですが、そこには、みんな死ぬことなんかないかのような、世の中に理不尽なことなどないかのような写真や文章が載せられている。強烈な違和感を覚えながらも、選び抜いた（中途採用の）入社試験でたまたま面接まで行くことがあっても、やはり私の「暗さ」は会社の雰囲気にそぐわない。そして、ひとはよく見ているもので、結果としてすべての会社の採用試験に落ちました。「いつも後ろ向きに生きている」姿勢が許される会社があればいいなあ、と痛感したしだいです。

しかし、現実の会社は「いつも前向きに生きている人」、少なくともそういうふりをすることに抵抗のない人が大手を振って闊歩《かっぽ》しており、彼らが上司であると、「いつも前向きに生きている」姿勢の弱い部下を見つけるや、戦前の特高警察のように、たたきなおそうとするのです。

断じてくよくよしてはならない？

会社の中ばかりではありません。「いつも前向きに生きている人」はおうおうにして、個人の私生活にまでも、その表情にまでも、介入してきます。くよくよしている人を視野の一角に認めるや、すぐに駆け寄って、明るい顔を求める。

「いつまでくよくよしてるんだ！　そんなじゃ、天国のおかあさんだってきっと悲しむぞ。おかあさんのためにも、しっかり前向きに生きなきゃ駄目じゃないか！」

「そうね、ありがとう。私、もう泣かないから」

そう言って、娘はとっさに不思議なほど明るい顔を見せる。すると、父は両手で娘の顔を挟んで、微笑《ほほえ》みかける。

「おまえは笑顔だけがとりえなんじゃないか」

「ええ」

という具合に、事は進行していきます（以上は現実のテレビドラマのワンシーンより取ったもの）。こうして、いつも前向きに生きている善良な市民は、くよくよしている人を見つけるや否や、「笑え」と強制する。このように、困ったことに、この大和の国には落ち込んでいる人を見るとすぐに励まそうとする生物が多く生息している。

私は他人を励ますことが嫌いです。励まされることも嫌いです。というより、私は他人によって励まされることがほとんどない。励まそうという意志はわかるのですが、それは「いまから嘘《うそ》八百を並べるけれど、それもあなたを思ってのこと、私と一緒にひとまず幻想に陥りなさい」という作戦の表明にほかならない。

この過酷な人生において、なぜくよくよすることを嫌う人がこれほどいるのか、私には不思議でなりません。と、考えに考えて行き着いたのは、「いつも前向きに生きている人」にとって、そばにめそめそくよくよしている人がいると、結局は自分が不愉快だからなんですね。もちろん私にとっても、すぐそばに「いつも前向きに生きている人」がいるときわめて不愉快なのですが、私はその信念自体を変えようなんて大それたことなど考えていない。ただ、信念は墓場までもっていっていいから、それを私に強制しなければそれだけでいい。私の領域を侵犯しなければそれでいいのです。

泣きたいときは泣けばいい

さて、くよくよすることが嫌いな御仁《ごじん》は、おうおうにして他人が泣いても涙を流してもいけないようです。題材が旧《ふる》くなりますが、私は坂本九が歌う「上を向いて歩こう」が、とくにその歌詞（永六輔《ろくすけ》）が大嫌い。なぜ、「涙がこぼれないように」

上を向いて歩かねばならないのか、よくわかりません。歌詞の内容から推して、これは一人で歩く場面のようですから、ますますわからない。まあ、大勢で歩いているときに、私がふと悲しくなっておいおい泣き出したら、同行している人の気を損ねるでしょうが、また人でごったがえしているラッシュアワーの駅の構内や夕暮れの駅前商店街で、私がわあわあ泣きながら歩いていたら、みんな気味悪がってよけて通るかもしれませんが——私はこれらの場合、それでも泣きたければ泣けばいいと思っている——、朝靄《あさもや》にかすむ川原かさびしい夜道をひとりで歩いているのに、なぜ涙をこぼしてはならないのか？

じつは、半分はわかっているのです。そこで涙をこぼしてしまうと、それまで気を張って必死に悲しみに耐えていた自分が「もたなく」なるから。でも、わかるのはそこまで。なぜ、それほどまでに悲しみに耐えねばならないのか、それがさっぱりわからない。だから、全体としてはやはりわかっていないと言えましょう。私の長い人生体験からすると、人は泣くことによって「もたなく」なることはない。泣きたいだけ泣けばいいのです。一〇年も泣きつづけていることはありません。どんな悲しみでも、そのうち自然に涙は出てこなくなるものです。

もう二年になりますが、哲学をしたいと私を慕ってきたK君が（無限に事故に近い）入水《じゆすい》自殺をした後、しばらくは涙が不思議なほど流れてきました。「相談したい」と訴える彼からのファックスに対して「自分で解決しなさい」と答えてから、自殺までたった三週間だったこともありますが、何の気もなしに講義をしていても、ふっと彼の面影が浮かぶともう涙が滲《にじ》んできて声が詰り講義はできなくなった。夜道を歩いていると、悲しくて悲しくてそれこそおいおい泣いてしまった。明るい商店街に出たところでさすがに涙を拭《ふ》くのですが、また暗い住宅街に入るとたまっていた涙がほとばしる。知人とK君の思い出話を少しでもすると、もう涙がたまってくる。酒を呑《の》んでいるときなど、その人の面前でぽろぽろ涙を流す。

こんな泣き上戸《じようご》状態が三カ月ほど続き、さらに半年は折りに触れて泣いてばかりいた。なんで、こんなに泣くのだろうと自分でも不思議でした。自責の念がないことはないけれど、K君の自殺の原因はもつれにもつれたもので、一直線に自分の不《ふ》手《て》際《ぎわ》には結びつかない。K君は私を憎みつつ慕ってきたけれど、そこには私との病的な人格の同一化があって、私も多少不気味で彼とは距離を保つように努力してきた。私は彼の能力は評価していたのですが、エロス（恋愛）という意味でもフィリア（友情）という意味でも、K君をそれほど「愛して」いなかったことも確かで、だから、K君がいなくなってもう生きてはいけない、という思いとはかけ離れている。いや、ありていに言えば、彼に永遠に会えなくても、そんなに困らない。なのに、涙が出る。父が死んだときも、母が死んだときも、ほとんど涙は出なかった。どうしたことであろう？ 私は自分の心のうちがわかりませんでしたが、次第にそんなことはどうでもいいと思いなおした。とにかく私は悲しいのです。泣いてしまい、涙が出てしまうのです。この事実だけがごまかしようなくある。とすればそれでいいのではないか、と思うようになった。そして、しばらく泣きつづけ、……それから二年が過ぎて、私はK君の自殺に関してあまり泣かなくなったのです。

厭《いや》なことはみんな忘れてしまう人

こうした体験からもわかるように、私は、厭なことを細部にわたるまで忘れない主義です。脂汗《あぶらあせ》が出るほどの苦しい体験であればあるほど、何度でも執拗《しつよう》に思い出し、場合によっては書いて公表してしまう。とくに、そうするようにもって行っているわけではなく、こうすることが私にとっては自然なのです。結果としてヒーリング効果もあるのでしょう。厭なことを思い出せば思い出すほど、書けば書くほど、心は平穏になります。

フロイトの用語に「快感原則（Lustprinzip）」というものがあります。われわれは、人生の始まりに当たって、快を取り込み不快を排除する。しかし、社会生活するうえでは、これだけでは駄目ですから、これと並んで、快を抑圧して不快に耐えるという「現実原則（Realitätsprinzip）」に従わねばならない。

しかし、この説明によりますと、われわれが苦悩に満ちた過去の体験を何度も思い出すということ、何度も夢にまで見るということが、説明できなくなる。夢は欲望の充足だとすると、これはいかなる欲望を充足するのか？　フロイトの説明があり、ラカンも別の説明をして……という専門的な話はカットします。私がここで言いたいのは、少なくとも私にとって、苦しいことを思い出すことは、何ら不思議なことではないということ、大議論するまでもなくあたりまえのことだ、ということです。

生きることは苦しいに決まっているのですから、もしわれわれが「人生とは何か？」を真剣に問うなら、自分の苦しかった体験を思い出し、それを牛のように何度も反芻《はんすう》して「味わう」ほかない。厭なことは細大漏らさず憶《おぼ》えておいて、それをありとあらゆる角度から点検、吟味する。すると、その後の人生において降りかかる数々の苦しみにも比較的容易に耐えられるというわけです。

どんな人でも、被爆体験を、強制収容所の体験を忘れることは、けっしてないでしょう。そのわけは、それを後世に伝える義務があるからのみではなく、そういう過酷な体験を潜《くぐ》り抜けてはじめていまの自分があるからです。それを削除したら自分の人生を考えることができないから、たとえできるとしても、それは欺瞞《ぎまん》的だからです。

とすると、社会的に認知されうる不幸のみならず、個人的な不幸も、それが過酷であればあるほど、やはりその人をかたちづくるものなのですから、忘れないほうがいいと思うのですが……。

しかし、どうもこうした処世術を自然に身に着けている私は、極端な少数派のようですね。むしろこの国では、「厭なことはみんな忘れてしまう人」、というより、忘れたい人、忘れたふりをしたい人、少なくともなるべく言わないようにしている人が多いようです。

これまでの人類の歴史において、ほとんどの弱者にとって、悲しみに耐える唯一《ゆいいつ》の方法は、忘れることであった。だから、高飛車にこうした態度を責めるのは酷だ、という忠告も一部わかるのですが、それをすべて認めたとしても、ここには救いがたい嘘（しかもかなり悪質の）がはびこっていることを、よく見なければならない。弱者が生き抜いていくために必要だ、という理由が無条件の正当性を得るわけではない。たとえ、そうでもしなければ弱者は生きていけないことが真実であるにしても――どうも現代日本ではこの理屈を錦《にしき》の御旗《みはた》のように空高く掲げて、それをもってみんなを黙らせることができると思い込んでいる輩《やから》が多いようですが――、だからといってそれがただちに「正しい」ことになるわけではありません。

5 自分の仕事に「誇り」をもっている人

大学で哲学を「教える」ということ

正確に言うと、私は自分の仕事に、普通程度に誇りをもっている人が嫌いなのではなく、自分の仕事にセンチメンタルな生きがいと愛着をもっている人、しかもそれに何の自己反省も加えていない人に、漠然とした違和感プラス反感を覚えるのです。だから、「誇り」と括弧に入れたわけです。

これは、たぶん私の特異な感受性で、自分に近いところから見ると、哲学（研究）者として誇りをもっている人とは、同じ部屋の空気を吸っているだけで不愉快です。私の美意識では、こんなことをして金をもらっていいのだろうかという根本的疑問に日夜さいなまれていいはずですが、そういう仲間はことのほか少ない。あろうことか、大学で哲学を教えることに疑問を感じないどころか、それを「誇り」にしている御仁《ごじん》までいるようなのです。

いいですか？　哲学がそんなに好きなら、「家で」やればいいのです。私は、けっして冗談で言っているのではない。哲学のような何の役にも立たないことを教えて金になると思っているのがそもそものまちがいです。紀元前の昔から、造船技術や弁論術なら金を取ってもいいが、単に「真理とは何か？」を探究するのなら、ソクラテスのように無料が本筋。せいぜい幕末のように、家で私塾でも開いてわずかな「お布施《ふせ》」で生活すべきでしょう。それでも生活できないなら、商業雑誌にぴっと味のあるエッセイを書き、頭がかなり悪い人でもわかるような易《やさ》しい哲学入門書を書いて、その原稿料や印税で生活すべきでしょう。つまり、市場経済にかなう商品を生産し、その利益に見合った対価を得るべきだということ。これは、作家や画家や音楽家など、どんな芸術家に対しても言える。彼らは商品の市場価値によって金を儲《もう》けるべきであって、作品の芸術的完成度と芸術に対する真摯《しんし》な姿勢などで金を儲けようなんてノーテンキなことを夢見てはなりません。

もちろん、世に受け入れられない優れた作品もあるでしょう。商品価値のない基礎研究もあるでしょう。しかし、ここで忘れてならないのは、時代に先駆けた芸術作品が評価されないのはむしろ当然だということ。「俺があんまり時代に先行しているから、みんなわからないのだ！」と嘆く芸術家は、それを知って製作しているのですから、そして、「高み」から降りてこないのですから、しかたありませんね。世の中は、優れたものを漏れなく認め、それにただちに対価を払うほど甘くはないのです。

同じように、すぐに商品価値とは結びつかない基礎研究は必要です。しかし、哲学研究に限って言うと、存在論とか時間論とか自我論とか倫理学のような本格的な基礎研究は、ごくごく少数の人がすればいいということ。いま「日本哲学会」には、おおよそ二〇〇〇人が登録されており、ほとんどが大学の先生ですが、こうした基礎研究をするだけで給料をもらう資格のある者は、多めに見てもこのうち五パーセント（すなわち一〇〇人）程度ではないでしょうか。あとは、その「哲学研究」に毎月何十万円もの給料を払う必要はないはずだから、即刻解雇すべきです。哲学を大学で教える必要は全然ないのですが、次の世代の基礎研究者を養成することは必要かもしれない。でも、このためには旧帝国大学の一部だけ（東大と京大だけ？）で充分。人口一億二七六五万人のわが国に一〇〇人もいれば多すぎるほどです。

こうして、冷静に考えてみると、ほとんど（九五パーセント）の哲学の先生が、のうのうと大学から給料をもらっているのは、徹底的におかしい。とはいえ、すぐに解雇されたら生きていけないのなら（そうでしょうねえ、何せほかの業界ではまったく役に立たないことだけをしてきたのですから）、せめて自責の念をもってもらいたい。生きていくうえでしかたないから、自分には大学で哲学を教えることしかできないから、その仕事に就いているのだと腹の底まで自覚し、そういう不純な動機で金をもらっていることを一瞬一瞬恥じてもらいたい。もっと自分の弱さとずるさを自覚して謙虚になってもらいたいのです。

「文学研究」という壮大な無駄

何も哲学研究だけではない。すぐ近くに「文学研究」という壮大な徒労に従事している大学教員たちがいる。これは、どう考えても給料を払う必要のない仕事です。なぜ、バルザックやドストエフスキーを「研究する」だけで、つまり、この作品は誰それの影響を受けたとか、ここでこの作家に転機が訪れるとか、しゃべって、それを文章にして、月給がもらえるのか？　不思議でなりません。もちろん、社会の役に立たないことをして悪いことはない。でも、社会の役に立たないことを承知でしているのだったら、作家や画家や作曲家や漫画家や俳優やスポーツ選手のように、自分の作品を自由市場に出して、生計を立てるほかないでしょう。では、なぜこうしないのか？　全然売れないことは、火を見るより明らかだからです。だから、彼らは大学に寄生して月給をもらわねばならない！

さて、それでも彼らの多くは一生のうちに著書を二〜三冊出版します。多くの場合、売れることをまったく期待しない出版社（通称「教科書出版社」という）から刊行する。不思議なことがあるものですね。一応商品なのですが、誰も買わないことがはじめから「保証」されている商品が、このせちがらい現代日本にもあるのです。といっても、出版社は慈善事業をしているわけではない（まあ、それに近いところはありますが）。どうやって採算を取るのか？ これがなかなかしたたかで、――私もこの世界に長くかかわってきましたから知っていますが――複雑怪奇なその現象の奥には、「損はしない」というとても単純な原則が隠されているのです。

教科書出版社は、著者との契約のさいに、場合によっては著者からお金を数十万円ぶん取る。そして、さらに毎年、数百部ずつ教科書に採用すること（すなわち学生に買わせること）を義務づける。こうして、高々二〇〇〇部の研究書は、著者の出費と学生の犠牲とによって、当の出版社が全然損することなしに成り立っているのです。それでも一冊の著書があれば、論文数編ほどの「業績」になりますから、（よりよい）大学への就職や大学内の昇進をねらう学者にとっては、願ってもないチャンス。そのうえ、著書を出せば、狭い業界の中では、厭《いや》でも人眼に触れますから、学会でも知名度は上がる。こうして、まったく市場価値のないおびただしい数の研究書が、毎年産出されている次第です。

掃いて捨てるほどある漱石《そうせき》研究のうち、江藤淳《じゅん》とか島田雅彦《まさひこ》のような有名評論家や有名作家のものなら、――内容はともかく――そのままで市場価値はある。でも、誰も知らない大学の先生が書いた漱石研究書を誰が買って読みますか？　ほとんどの人にとって漱石の小説はおもしろければいいのであって、せいぜいそのおもしろさを助けてくれる情報が補助的にほしいだけであって、微に入り細をうがった「研究」など必要ない。それが、たとえその人が苦節一〇年かけて書きあげた博士論文であろうと、万が一、漱石研究に新境地を開くものであろうと、そんなことはどうでもいいことです。そのうえ、価格がべらぼうに高い（一万円近いのはざら）となれば、買うほうがおかしいのではないかと思われます。

私の大学改造案

大学の話ばかりになってしまいましたが、大学とはやはり奇妙きてれつな場所で、世の中のルールとは別のルールで動いている。そこは、壮大な無駄が支配しているところです。

いまや国立大学も法人化し、各大学は生き残りを懸けて壮絶な戦いを開始しました。私はそれに少しでも労力を費やす気はないのですが、すべての大学が、大学でなくてもできることを大学の外に出せば、合理化が進み、人員削減が進み、経営状態はあっという間に改善されるように思います。そのさい、とくに二つのことを銘記する必要がある。その一つは、大学の社会的役割が明治の帝国大学令のときから相当変わってきていること。それに関係しますが、二つ目に、大学はもはや（一部の大学を除いて）エリートの養成機関ではないということ。この二つのことから、エリート校を除いた「普通の大学」は社会に出て即戦力になる技術教育だけをすればいいことが導かれる。言いかえれば、明治以来大学が担《にな》ってきた人間教育的なものは、ことごとく大学の外に出していい。

具体的に言いますと、（1）体育、（2）外国語、そして（3）一般教養科目は、すべて廃止、せめて「外注」にし、学生がスポーツクラブや語学学校で証明書を取ってくれれば、単位を与える。地方の大学などでそういう施設がないところでは、百歩譲って、体育と語学の非常勤講師をそのつど雇う。彼らを、まかりまちがっても常勤講師にはしない。

哲学や歴史や文学などの一般教養科目も同じ。一〇〇年前と違って、現代日本では、本気になって教養を求めようとすれば場所はうんざりするほどたくさんある。テレビのドキュメンタリー番組を見るだけで、ずいぶん教養はつくものです。だから、一般教養科目は全廃にし、せいぜい朝日カルチャーセンターなどに委託して合格証明書を発行してもらい、それを単位に代える。こうすれば一二万人いると言われている現在の常勤大学教員のうち三割から四割を解雇できる。すばらしいじゃありませんか！　とりわけ哲学の教師のうち九割が大学を追われるなんて、うっとりするほどすばらしい光景です。

だいたい、教養はつけたい人がつければいいのであって、大学の単位で教養を強制するとはまったくのお笑い種《ぐさ》です。「哲学」や「倫理学」で「優」を取ったからといって、哲学がわかったことの証明にはならない。それに加えて、社会的に何の意味もない。ただ、この学生はおもしろくもないことをおもしろがる才能、あるいは相手（教授）に合わせられる特殊技能をもっているんだな、と想像できるだけです。大学の「哲学」は社会的に何の役にも立たないことはもちろん、それならせめておもしろければいいのですが、これがまったくおもしろくない。教えるほうも、自分の専門に選んだくらいだから、少しはおもしろさを知っているはずなのに、おもしろさを引き出すように教えることなど考えてもいない。そして、概説書を読めばすべてわかるような干からびた知識だけが、めんめんと受け継がれる。ほんとうに罪なこと、壮大な無駄だと思います。

ほとんどの芸術創造は無駄である

無駄と言えば、多くの青年が画家を、小説家を、俳優をめざしながら、志を遂げられずにあきらめていきますが、それもまた無残なものです。変なたとえですが、産卵後のおびただしい鮭《さけ》の死体を見るような虚《むな》しさを感じる（しかも、その卵はすべて天敵に食われてしまった！）。一万人が応募するある出版社の新人賞に五年続けて（つまり一〇回）応募したあげく、やっとその新人賞の候補になっても、それだけ。どこからも小説の依頼はなく、この状況において書きつづけていくのは、大変な自信が必要です。いや、運よく、たとえ一回新人賞をみごと射止めたにしても、それだけでは一冊の本が出ることはない。いや、一冊の本が出たとしても、評判になり売れるとはかぎりませんし、幸いたとえある程度売れたとしても、次が売れなければ、そしてその次も売れなければ、消えていくしかない。こうして、作家としてテイクオフするのは、じつに大変なことなのです。

私は近所の絵画教室で一二年ほど油絵を習っているので、肌身に滲《し》みてわかるのですが、画家になるのはさらに大変のようです。名だたる公募展に一〇〇号の大作を一〇年間出しつづけ、やっと展示されることになっても、何の反響もないのが普通。秋の上野に行きますと、有名な公募展が競い合って開催されており、一つの展覧会だけでも三階にわたって作品は一〇〇〇点に及ぶ。その一つ一つが、素人眼《しろうとめ》には、高い技巧を有しており命を懸けたような力作ぞろいです。

昨年秋には東京都美術館で、とりわけレベルが高いと評判の「新制作展」と私たちの絵画教室の生徒が多く出品している「東京展」の二つを見ただけで、くたくたに疲れました（きわめて多数の絵画をまじめに観《み》るとくたびれるものです）。だが、肉体の疲労より「心の疲労」ははるかに大きかった。その日開催されていたほかの公募展をすべてあわせたら、五〇〇〇点くらいの作品があるのではないか。「こんなに多くの作品が、また画家が必要なのであろうか？」と自問し、「明らかに必要ではない」と答えざるをえず、虚しさがじわじわとからだ中に広がっていきました。とはいえ、誤解してはならないのですが、私はだから「やめなさい」と言いたいわけではない。書（描）きたければ、いくらでも小説を書いても、油絵を描いてもいいのだけれど、おびただしい「作品」のほとんどは――自分にとってどれほど大切であろうと――社会的にはゴミ同様の扱いを受ける、と言いたいだけ。

よくよく考えてみれば、現代日本は無駄なことの集積からなっている。どの店に行っても、膨大な量と膨大な種類の商品であふれかえっており、薬屋で肩こりのシップを買おうにも、電器屋に行ってコーヒーメイカーを買おうにも、何十種類もあって呆然《ぼうぜん》としてしまう。とりわけ本屋に行くたびに、こんなにたくさんの本は必要ないと確信する。だから、同人誌だって一〇〇〇種類あってもいいのだし、公募展の油絵だって五〇〇〇点あってもいいのです。作家予備軍や画家予備軍が数十万人いてもいいのです。ただ、そのうち社会的に成功するか否《いな》かは、それが商品として市場価値があるか否かだけで決まること、そして市場価値がつくきっかけはほぼ偶然だということ、こうしたことにつべこべ難癖をつけるべきではない。これが厭ならやめればいいだけです。

文句なしに有益な仕事もある

もちろん、哲学研究とか文学研究とか第二外国語を教えるというくだらない仕事ではなく、掛け値なしに有益な仕事も、この世にはゴマンとある。私は飛行機に乗る機会が多いので、感動も多いのですが、飛行機がいつも「きちんと」滑走路に滑り込むそのときは、パイロットの絶妙な技術にからだの底から感動してしまいます。とくに、がたがた機体が乱暴に揺れたあとで、霧の中からうっすらと滑走路が見えてきたときは、「やった！」と歓声を上げたくなる。私は何十回飛行機に乗ってても「今度こそ墜《お》ちるのでは？」と思ってしまう。ですから、機体の後方車輪ががたんと滑走路に触れたときは、同時に「ああ、あとしばらくは生きるのだ」と感慨にふけります。

成田空港からは京王高速バスで直接調布まで行くのですが、その運転手もとても有益な仕事をしていると思います。帰りはともかく、往《い》きは、途中で事故でも起こしたら、あるいは事故に巻き込まれたら、そのバスに乗っている人は全員飛行機に乗れなくなるかもしれない。ある人には、人生を変えるほどの損害を及ぼすかもしれない。にもかかわらず、いつも落ち着いて颯爽《さっそう》と運転している運転手には、運転席の上方に「庄司一郎」とか「吉澤弘貴」というように、はっきり名前が書いてあるため、親も恋人も誇りにしているだろうなあ、などと勝手に想像して、私まで誇りに思ってしまいます。

災害が生ずるたびに思うのですが、そこで懸命に救助活動をしている男たちの姿も感動的ですね。中越地震のとき、土砂に埋まった家族のうち、奇跡的に二歳の男の子だけが救出された。その子をしっかり抱いている男の写真が大きくオーストリアの大衆紙『クリエ』にも載って——そのとき私はウィーンにいたのですが——たいへん誇らしく思いました。そのほか、消防士や配管工や電気工や土木作業員や燈《とう》台守《だいもり》や航空管制官や沿岸警備隊員や麻薬取締官など、かならずしも社会的ステイタスが高いとはいえず、それほどの高給取りでもないからこそ、かえって英雄的に見えてきます。

サン＝テグジュペリ

パイロットは深く尊敬するのですが、どうもサン＝テグジュペリは好きになれない。『星の王子さま』ですら、どうしても好きになれませんが、ほかの彼の小説もどうしても読みつづけることができない。一〇代のころから『人間の土地』とか『夜間飛行』を読みはじめても、一〇ページもしないうちに「もう駄目だ」と思ってやめてしまった。最近、それでも意を決して（臨場感を増すため）ウィーンに向かう飛行機の中で『人間の土地』をまた最初のページから読みはじめ、「あれ、なかなかいいぞ」と読みすすみ、なんと次の箇所では涙までぼろぼろこぼれてきました！

このときぼくらは、じつに不思議きわまる偶然のおかげで救われた。シズネロスへはとうてい行けないものとあきらめをつけて、海岸線に向かって一直線に機首を向け、燃料の最後の一滴を使い果たすまで、この方向は変えまいとぼくが決心したその土壇場《どたんば》がいよいよ来た。ぼくはこうすることで海に沈まないで済むかもしれないというわずかのチャンスを狙《ねら》っていた。……シズネロスが、いまではぼくらの左手に触知できるものとして現われていた。それだけは確かだ。しかし、その距離は？　ネリとぼくはしばらく話し合った。すべてはすでに遅すぎた。ぼくらの意見は一致した。シズネロスへ飛ぼうとすると、かえってぼくらは陸岸に達するチャンスを失う結果になるわけだった。それでネリは「燃料一時間を余すのみなるにより、九三度の方向を持続せんとす」と返電した。

このあいだに、諸方の空港が目覚めてきた。ぼくらの会話に、アガディールの声、カサブランカの声、ダカールの声が参加してきた。あらゆる都市の無電局が、空港へ急を報じたがためだ。空港の主任たちは、僚友たちに急を告げた。そして、彼らはしだいしだいに病人の枕頭《ちんとう》に集まるようにして、ぼくらの周囲に集まってきた。これは実効のない虚しい熱情ながら、やはり熱情には相違なかった。あだな忠告ながら、やはりなんとも言えない優しさだった！　（堀口大《だい》學《がく》訳）

そして、彼らはじつは燃料が二時間分あることをツールーズから告げられ、無事シズネロスに着くのです。大いに感動して、このまま行けるかなあと期待したのですが、またもや不時着。

その原因を探るに、『夜間飛行』にあるように、たしかに小型飛行機で南米の果てまでも郵便物を運ぶのは、やりがいのある仕事でしょうが、そこに濃厚に漂う自己陶酔の臭《にお》いをかぎつけてしまうからなのでしょう。パイロットは遠い空から「人間の土地」を見ているがゆえに、自分の仕事のみならず、あらゆる人間の営みがいとしくなるのであって、地上でまともに彼らと付き合ったら、こうは書けないだろう。いやさらに、私の心理分析は続いて、サン＝テグジュペリは人間を「いとしいもの」として書きたいために、そう思い込みたいために、機上にありつづけたのではないかなあ、つまり彼は人間の醜さと卑小さを知っていたが、それを見ないでいられるように高いところを選んだのではないかなあ、と思ってしまう。そして、こう思ったら一行一行がそう思い込みたい願望で書かれているようで、もう読めなくなってしまったのです。

なかなか説明することが困難なのですが、オーストリア航空のパイロットは、ただただ正確な飛行を職務としているから、私は感動する。だが、サン＝テグジュペリは、そこにさまざまなドラマを（無理にでも）読み込もうとするから、私は感動しない。彼はそうではないと言うでしょうが、飛行することが書くことの手段となっているから、しかも彼は飛行することを通じて「純粋なもの」を追い求めている（ふりをしている）から、私はそこに何か不純なものをかぎつけてしまうのです。

ルナールの日記

私は小説家や画家の日記を読むのが好きなのですが、そのうち断然おもしろかったのは、カフカとジッドの日記で、それよりさらにおもしろかったのは、二三歳（一八八七年）夏から四六歳の死の直前（一九一〇年）までめんめんと続くルナールの日記（邦訳『ルナール日記』、第一巻〜第七巻、白水社、岸田國士《くにお》訳）です。何がおもしろいって、若いころより有名になりたいと渇望《かつぼう》した結果、『にんじん』によってあっという間に有名になり、華やかな作家兼演劇人の生活が始まるのですが、俗物根性を隠すことなくさらけだしていること、しかもそこに自嘲《じちょう》の音をしっかり響かせていること、人生はすべて虚しいということを腹の底まで自覚していること……こういった人生の姿勢がおもしろいのです。

エスプリの効いた人間観察も第一級のものであり、ラ・ロシュフコーの『箴言《しんげん》集』に入れたくなるほどのものもあります。できればここにすべて書き写したいほどですが、選りすぐったものを一部引用してみましょう（なお、「注」は私が付けたもの）。

一八九四年（三〇歳）七月一〇日

私は、一度私に会った以上、人は私を忘れることはないものと思っている。私の虚栄心と来ては、発作が過ぎ去ってから考えてみると、じつに茫然《ぼうぜん》とするくらいだ。仮にパリ市がかつてペトラルカに対してしたように、公式の表示によって私に月桂冠《げっけいかん》を授けることを申し出たとしても、私はいっこう驚かず、そしてその恩恵が与えられる理由を立派に説明してみせることができるだろう。

一〇月二三日　本の発売の日、ほうぼうを歩き回って、まるで小僧がこっちに軽蔑《けいべつ》の眼を注いでもいるように、横目でそっと本の山をにらみ、その本を店に並べていない本屋があると、単に本がまだ来ていないというだけのことなのに、それを終生の敵のようにみなし、悲しく痛めつけられた人間になること。

一一月二九日　私のエゴイズムはあらゆるものを要求する。凱旋門《がいせんもん》の上を越して眺められるほどの高さをもった野心、そして賞牌《しょうはい》に対するこの偽りの侮蔑！　もし誰かがレジオン・ドヌウルの十字章を皿に載せて私のところへもってきたとしたら、私は嬉《うれ》しさのあまり気分が悪くなり、それからやっとわれに返ってこう言うだろう――「もって行ってくれ、こんなもの！」。

一八九五年（三一歳）

一月一日　自分の作品が転載されているかどうかを見ようとして売店を覗《のぞ》

きすぎ、自分の名前が挙げてあるのを見つけようとして新聞を読みすぎた。本をあんまり贈りすぎ、献辞を書きすぎた――。

一八九六年（三二歳）

一〇月二一日　それでは言おう！　そうだ！　私は妻を愛していない。子供たちも愛していない。私が愛しているのは自分だけだ。私は自分の胸にこう尋ねてみることもある――「彼らが死んだら、俺はどんな感じがするだろう？」。ところが、私は何の感じもしない。少なくとも、前もって感じることはなんにも、なんにもないのだ。

一八九七年（三三歳）

九月三〇日　私は有名になりはじめた。人が肩をたたきに来てくれる。

一八九八年（三四歳）

二月二一日　友達というものは、彼らが名声を得る前に知り合いになってはならない。（注、友達の一方が名声を得て他方が得ないと、友情は壊れるから）

三月五日　ある俳優が悪い場合には、拍手はいっそう彼を悪く見せる。

一八九九年（三五歳）

四月一四日　私は私の説に賛成する。

一九〇二年（三八歳）

四月二七日　サラ（注、サラ・ベルナール）の態度。彼女は自分に理解できないことを聴いているときは聡明《そうめい》らしく見える。

一九〇三年（三九歳）

八月一九日　ぼくが大目に見ないということを大目に見てくれたまえ。

一一月二日　彼らは、私があんまり書きすぎないことを賞賛してくれる。そのうちには、全然書かないことを賞賛してくれるようになるだろう。

一九〇四年（四〇歳）

一月一一日　彼の絵は一度もひどいことを言われたことがない。誰もなんにも言ってくれないのだ。

一二月一六日　女は考えない葦《あし》である（注、フランス語で「人（homme）」は「男」と同じ言葉だから、これにはパスカルの言葉を「男は考える葦である」と読み替えるという操作が先行している）。

一九〇五年（四一歳）

三月一五日　なるほど死というもののやる仕事は、たしかにおもしろい。しかし、あんまりいつでも同じことをやりすぎる。

七月二七日　ワイルドは、彼の『深き淵《ふち》より』の中で、私たちが牢獄《ろうごく》に入っていないことを残念に思わせる。

一九〇六年（四二歳）

三月二四日　ときどき私は、もう不機嫌になるだけの気力しかなくなってしまう。

三月二六日　私は前より少し謙譲になった。しかし、謙譲であることをいっそう鼻にかけるようになった。

七月一日　有名でない気軽さ。お辞儀をされないいましさ。

七月一七日　経験に経験を積んで、私は自分が何をするために生まれてきた人間でもないという確信に到達した。

九月六日　文筆稼業《かぎょう》は、何といっても金を儲《もう》けなくてもバカに見えないで済む唯一《ゆいいつ》の商売だ。

彼は、名声を博した後に、父と同様、故郷シトリイ村の村長になる。そういえば、ジッドも晩年、村長になったんでしたっけ。私は村長になりたいと思ったことは一度もないので、このことはどうしても理解できませんが……。

6 「けじめ」を大切にする人

「けじめ」とは何か?

けじめを大切にする人が登場する典型的な風景は次のもの。お茶を入れながら、娘の顔をちらっと見つつ、母親は「いつまでも結婚しないで、Sさんと一緒に暮らすのはもうやめてくれないかい。いままでお父さんには言わなかったけど、お父さんは、あれでけじめだけはうるさい人だからね、聞いたら怒鳴り出すよ」と娘にじゅんじゅんと説教する。

日ごろ、職場でもバカ話ばかりしている部長があるとき課長による女事務員へのセクハラの噂《うわさ》を聞くやいなや、突如真顔になって「けじめだけはしっかりせんとな」と言う。

高校の野球部の監督がある日の練習後、裏庭で数人の部員が缶ビールを飲んでいる現場を目撃。翌日、部員みんなを集めて、涙ながらに訴える。「俺も悔しい、だが、けじめだ。甲子園はあきらめてくれ、う、う、う」。

けじめを大切にする人は、いたるところにはびこっています。そのすべてが、極度に常識的な人。みんなが怒るところで怒り、みんなが笑うところで笑い、みんなが悲しむところで悲しむ人です。しかも、困ってしまうことに、けじめを大切にする人は、「けじめ」という言葉の意味を追究しない。ここだけは、けじめを大切にしないのです。ですから、けじめを大切にする人に「なんで、それがけじめなんですか？」と聞いてはならない。そう聞くことは、心が腐っている証拠であり、けじめが何か知らない奴《やつ》は、人間のクズなのですから。そうしたうえで、男と女のあいだのけじめ、夫婦のあいだのけじめ、先生と生徒のあいだのけじめ……等々、真顔で一定のルールをもち出して、「さあ、従え」と迫る。

ここで、けじめを大切にする人は、合理的な思考や行為を重んじる人に見えて、じつは全然違うということ、よく考える人に見えて、全然考えない人であることを、見抜かねばなりません。彼らは、なるほど語調ははっきりしているかもしれない。しかし、この複雑怪奇な人間という存在者にまつわる物事を正確に厳密に言語を駆使して表現するという理性的な態度とは対極的な位置にいる。おわかりでしょう。けじめを大切にする人は、理性や言葉を大切にする人ではないのです。概念を積みあげ、議論を積み重ねて、真実に至るという方法ほど、彼らにとって疎遠《そえん》なものはない。なぜなら、そんなことしなくても、もうはじめからけじめは揺るぎないものとして決まっているからです。

もう一つ、彼らの外見にだまされないようにしましょう。けじめを大切にする人は、表面的には、自己の信念に忠実な人に見える。「一万人行けどもわれ行かず」の精神の持ち主であるように見える。しかし、じつは違うのです。彼らは、世間の慣習に逆らう者のようでいて、それに首までどっぷり漬かっている人。なぜなら、彼らは世の中で少しだけ縛りがゆるくなった慣習にこだわっている者だからです。よき慣習は徐々にすたれつつある。だが、まだそれは完全には消え去っていない。

ちょうどそういった「すたれ具合」をよく見とおして、彼らは「男と女とのけじめ」とか「遊びと仕事とのけじめ」とか「夫婦のけじめ」とか、少しだけ旧式な人間を演ずるのです。

ですから、彼らとて「天皇陛下と臣下とのけじめ」とは言わないし、「日本人と在日とのけじめ」とか「健常者と障害者とのけじめ」とは言い出しません。なかなか巧みなやり方ですね。言いかえれば、けじめを大切にする人は、戦前には「帝国臣民と敵国人とのけじめ」とか「嫡出子《ちゃくしゅつし》と庶子とのけじめ」とか「正妻とめかけとのけじめ」を強く主張し、江戸時代には「武士と町人とのけじめ」とか「地主と小作人とのけじめ」を真顔で説いていたんでしょうね。

つまり、けじめを大切にする人は、もはや誰も信じていない太古の慣習を後生大事に守ろうとしているわけではない。むしろ、その時代や社会においてなお懐《なつ》かしさをもって歓迎されるだろう、その意味ですたれていない規範に敏感であり、そういう規範を見出《みいだ》し、そういう規範にのみ留まることにかけては、天才的な直観をもっている。

こんなことはあたりまえなのです。けじめを大切にする人とは、社会から排除されても自分の信条を貫くことを提唱したい人ではなく、けじめを大切にしていれば、見ている人はきっと見ている、けっして社会から抹殺されることはない、と教え込みたい人なのですから。それを見越したうえで、彼らは「いまのドライな世の中では、こんなことは通じないかもしれない。だが、俺はやっぱりけじめのない奴は厭《いや》なんだ！」と叫ぶ。偏屈者であるとしても、なお社会から受け入れられることをしっかり計算している偏屈者なのです。

曲がったことが大嫌いな男たち

さて、いろいろ問題のある「けじめを大切にする人」に似た人間類型に「曲がったことが大嫌いな人」がいます。これは圧倒的に男に当てはまる。曲がったことが大嫌いな女もいていいはずですが、なんとなく違和感がある。曲がったことが大嫌いな人は男で、それも青少年ではなく、中年過ぎのおじさん、しかもあまりインテリではないほうがぴったりします。まあ、一心太助のような、あるいは漱石の『坊っちゃん』の主人公のような青年もいますが。それに戦後闇米《やみごめ》を食べずに餓死した裁判官がいたということで、彼なんかも立派に曲がったことが大嫌いな男と言えましょう。ですが、やはり典型的には、曲がったことが大嫌いな職人とか板前とか魚屋というほうがぴったり来る。しかも、過度に非社会的ではイメージにそぐわない。あまりにも曲がったことが嫌いなのでうつ病になり、毎日抗うつ剤を飲んでいるというイメージは合いません。むしろ、曲がったことが大嫌いな人は、生活において常識的であり、義理も人情もかみ分けていて、既婚者でしかも女房に惚《ほ》れられている「いい人」がぴったりくる。

そうですね、ちょっと古風になりますが、亭主が留守のときを見計らって、悪質不動産屋がビルの谷間のラーメン屋に上り込み、おかみさんをつかまえて「ここを売れば、億の金がぽんと入ってくるんだがねえ」とすごんでも、「うちの父ちゃんは曲がったことが大嫌いな人だから」と答えて、夫の言いつけどおり親の代からのぼろ店を守り通そうとする、こういうお話が典型でしょう。

あるいは、娘の恋愛相手が妻子もちだと知った瞬間に、さっと血相を変えて、「邦子《くにこ》、おまえ、それでいいと思ってんのか！　どんなに相手の奥さんや子供たちを悲しませるか、わかってんのか！」と怒鳴り出す。「おりゃ、曲がったことが大嫌いなんだ。おまえをそんなふうに育てた覚えはねえ、そんな奴はおれの娘じゃねえ、出て行け！」となる。おろおろしながら傍で様子をうかがっていた母親も「まあ、あんた。そんなに頭から怒鳴りつけなくたって」と夫をいさめながらも、「邦子、わかってんの？　お父ちゃんがどんなに心配しているか。そりゃ、言い方は一方的かもしれないよ。でも、やっぱり、それじゃ世の中通らないよ」と厳しい眼で娘を追及し、完全に夫を援護射撃する。

このように、曲がったことが大嫌いなふたりが夫婦になると、麗《うるわ》しく共鳴し合ってさらに大きな響きをかもし出し、それを妨げることはまずできない仕組みになっている。こういうせりふを吐く人が私の趣味に合わないのは、――「けじめを大切にする人」が「けじめ」という意味を吟味しないように――「曲がったこと」とは何かを絶対に吟味しないから。それは、もう神代の昔から決まったこと、いまさら詮索《せんさく》する必要のないことなのです。

「ひとの迷惑になることだけはするなよ！」とお説教する人

わが国の津々浦々から飽き飽きするほど聞こえてくる「ひとの迷惑になることだけはするなよ！」というお説教も、基本的には同じ構造をしている。「何をしてもいい。だがな、ひとの迷惑になることだけはするなよ！」と続く。これは、長いあいだ（場合によっては生まれてからずっと）柔軟な思考活動を停止したまま、これまで生きつづけてきた人の、すでに思考の脳死状態から発せられるものです。

彼（女）は、この言葉によって、自分がどんなに暴力的な要求を掲げているのか、わかっていない。「ひと」とは何か？　もしかしたら、大多数の人のことではないのか？　つまり、マイノリティ（少数派）を切り捨てる言葉なのではないか？　人間の多様性を見ないようにする言葉なのではないか？　「迷惑」とは何か？　ある人にとって迷惑でも、別の人にとっては歓迎すべきことかもしれないではないか。少しでも、こうした疑いを自分に向けることをしない。

そのうえで、さらに彼らは、「自分がされたくないことを他人にするな」と真顔でお説教する。自分がされたくないことでも、他人はされたいかもしれず、自分がされたいことでも、他人はされたくないかもしれないじゃないか！ こんな簡単なこと、一〇歳にでもなれば誰でも知っていることを、踏み倒し足蹴《あしげ》にして進んでいくんですから、驚き呆《あき》れます。

私にとっては「車内での携帯電話のご使用はみなさまのご迷惑になりますのでお控えください」という車内放送のほうが、携帯電話より数段「迷惑」なんですが！ こう訴えても、絶対に聞き入れてくれない。それなのに、――滑稽《こっけい》なことに――あらゆる鉄道会社では「車内での迷惑行為はやめましょう」というキャンペーンを実施している。私にとってあらゆる車内放送が「車内での迷惑行為」の筆頭なのに！「迷惑」とは大多数の乗客にとっての迷惑であって、あなたのような変人にとっての迷惑は対象外なのです、と自覚しているのでしたら立派なものですが、そうした自覚すらない。彼ら鉄道会社の社員が「車内での迷惑行為」を自明のことだとみなし、「迷惑って、いったい何ですか？」という問いを封じ込めるかぎり、彼らは何も考えていない単細胞生物なのです。

ここに留まりません。「ひとの迷惑になることをするな」というお説教は、さらに根本的なまちがいを犯しています。人生とはたいそう過酷な修羅場であって、「迷惑」という言葉をいかように解しても、たえずひとに迷惑をかけずには、生きていけない。私が「お忘れ物・落し物のないようご注意ください」というお節介放送をやめさせたら、そう言われなければ物をすぐに忘れてしまう人に迷惑をかけているのかもしれない。私が学生に「こんなくだらないレポートは受け取れない」と突き返したら、彼に迷惑をかけているのかもしれない。私が「車内で化粧をしないでください」と訴えたら、彼女に迷惑をかけているのかもしれない。私が新入生ガイダンスでつまらなそうな顔をしていたら、新入生に迷惑をかけているのかもしれない……。

私たちが生きるということは、他人に迷惑をかけて生きるということであり、とすると「ひとに迷惑をかけるな」と命ずることは「生きるな、死ね！」と命令するようなもの。しかも、だからといって自殺しても（普通）親兄弟姉妹はじめ、膨大な数の他人に迷惑をかけてしまう。では、どうすればいいのか？　まさにここから思考を開始すべきなのです。正直にこの地点に立ち止まれば、ほとんど五里霧中で途方に暮れていても、いや、だからこそ、一つだけくっきりとわかってくることがある。それは、「けじめだけは大切にしろ」とか「曲がったことだけはするな」とか「ひとの迷惑を考えてみろ」というたぐいのお説教は簡単に口にできないということです。

「おまえが情けない」と言う人

いまでは、——幸いなことに——耳にすることが少なくなりましたが「人の道」というのも、同じ。「おまえ、そりゃ、人の道に外れてるぞ！」と、涙を溜《た》めて深刻な顔で言うというイメージです。歌舞伎《かぶき》の『三人吉三廓初買《さんにんきちさくるわのはつがい》』では、「人の道」に背いて近親相姦《そうかん》を犯した者が、実の兄に殺されるという話が挟まれています。なかなかややこしい筋なのですが、手代の十三が廓で遊んだ相手はじつは妹のおとせであった。それを知った兄の和尚吉三は、畜生道に陥った二人を殺すしかないと思い、二人もそれを納得し、遺書を書いた後二人はすでに畜生になっていて犬のように水を飲んで、兄に斬《き》られる、というわけです。

こうして、「人の道」は近親相姦や親殺しなどのような重いタブーに用いられることが多い。よく言われることですが、タブーは、それに関して語ることもまたタブーなので、「なぜ近親相姦はいけないのか?」と語られることや考えられることが禁じられたまま、タブーであり続ける。そこに、絶大な威力を保持している。こうした態度が、「けじめ」を大切にする人の態度と重なることが、よくおわかりでしょう。何がけじめか、なんでけじめを大切にすべきか、こうした問いについて、議論させない、考えさせないところに、その信念はしっかり形成されるのですから。

「おまえが情けない」というせりふも、じつに厭ですね。とっさに、親や兄や先生や上司など目上の者が、声を振り絞るようにして、場合によっては涙を流しながら語りかける場面が思い浮かびます。万引きをした娘に、ホームレスの老人に集団で暴行を加え殺してしまった息子に、強制わいせつの疑いで逮捕された弟に、怒りと哀れみとを混ぜ合わせたような視線を送りながら、切々と訴えかける。だいたい、こういう訴えは相手の心に届かないものです。なぜなら、「情けない」とは、お節介きわまるせりふだからです。勝手に相手に期待して、それがかなわなかったから「情けない」とは、なんという仕打ちでしょう!「俺がそんなに情けないのなら、そんな俺の母親であるテメエを情けないと思え!」と言いたくなる。単に犯罪に手を染めないというだけなのに、自分は絶対の高みに置いて、息子を欠陥人間のようにみなして責めまくる。ああ、俺もテメエが情けねえや！

さらに、鈍感で傲慢《ごうまん》な親は、「隆《たかし》ちゃん、ごめんなさい。お母さんが全部悪かったの」と息子に涙声で謝る。「私があなたをしっかり受け止めてあげなかったからなの……」と続く。

ああ、こういう親のバカさ加減はどこまで行けば気が済むのでしょうか？　犯罪行為に走った息子に憤慨したら、ただ「バカ者！　卑劣な奴《やつ》！　残酷漢！」と大声で怒鳴ればいい。いっぱしの聖人気取りで、情けながってくれなくてもいい。そんな暇があったら、自分の日常を逐一反省してみろ！　自分が何を「考えているか」全部言語化してみろ！

他人に対して――たとえわが子に対してであっても――「情けない」という言葉を発することが許されるほど完璧《かんぺき》な人は、この世には一人もいないと私は思っています。

「損をしてもいい」という発想を伝えるのは難しい

こうして、「けじめを大切にする人」には、さまざまな変種がこびりついていますが、彼らはすべてその時代・その地域の社会的因習を大切にする人と言っていい。彼らは、人と人との関係における最低のルールを尊重する人ですから、とくに性道徳にうるさいのですが、もう一つ、お金にめっぽう細かい。

一例を挙げれば、こういうことです。ごくたまにですが、私の講演のさいに主催者が、私の本を会場の入口に置いて聴講者に買ってもらうという企画をすることがあります。そんなとき、私は「お金の計算が大変だから、適当でいいですよ。私はこのさい儲《もう》けようなんて思っておらず（だから、定価の七割程度に抑える）、ただ聴講者に私が考えていることをもっと知ってもらいたいだけなのだから、多少不払いがあってもかんちがいがあってもかまいません。極端に言えば、誰もお金を払わなくてもかまわない」と口をすっぱくして語るのですが、これは絶対に聞き入れてもらえない。細かい価格表に逐一売り上げ数を記入して、さらにそれを合計して、一〇円に至るまで正確に私に渡してくれる。

そして、そのあとで、言いにくそうに「先生、お手伝いしてくれた人に何《いか》ほどかのお礼をしてもらえないでしょうか」と来る。そうはっきり言わないまでも、それをほのめかすこともある。そこで、私は一万円ほど払うことになる。一万円が惜しいわけではありません。こうして、結局は私に出費させても自分たちの慣習を上位に置いて平然としている態度が解《げ》せないのです。

それにしても、現代日本では、少なくとも公的場所でお金のことをいい加減にすることは絶対に許されない。金に関しては、ほぼみんなが「けじめを大切にする人」です。

ある日の学科会議で、ほかの大学に移った先生が研究費を過分に使ってしまったが、それをどの学内経費から捻出《ねんしゅつ》するのか、ある定年退職の先生が部屋を空ける前に大量の自分の本を図書室に移動させたいが、そのための学生アルバイト代をどうするのか、えんえん一時間にわたって議論しましたが、それでも決着がつかない。私にとっては、そんなことより時間のほうがずっと大切ですので、両方とも「私が自分の研究費から払います」と提案してやっと片がつきました。前者は三〇万円ほど、後者は二万円ほどですが、それを誰か個人が払うという発想がどうしてもわからないようで、学科長が「中島さん、ほんとうにいいんですか?」と何度もしつこく確認する。私はくだらない本を多数書いて「印税」という名のあぶく銭が入ってきますので、こうしたときにこそ「罪を償おう」と思うのですが、そういう発想もわからないようですね。

現代日本では、誰も彼もが、「(ルールにのっとって)なるべく得をしなるべく損をしないようにふるまう」という大前提でことが進んでいる。こんな空気の中で、「損をしてもいい」という発想を伝えるのは至難の業です。例えば、大学とは、みんなすぐれた研究成果を出そうと必死に努力している。そのために、眼の色を変えて研究費や部屋を確保し、なるべく授業負担や会議負担を少なくしたい。そのために、膨大な時間を会議に割くという愚かな逆説が横行している。私はそんなことは微塵《みじん》も考えていないので、あらゆる会議の議題は退屈きわまりないのです。

私は洞察力も判断力も世間知もあまりない、かなりのアホですが、「うまい話」にだまされることがない。なぜなら、私は「ぼろ儲け」が嫌いだからです。最近もある俳優がねずみ講のようなもので一億二〇〇〇万円も騙《だま》し取られたというニュースをテレビで見て――本人には申し訳ありませんが――ひたすら驚き呆れました。それだけのお金があれば、もう死ぬまでの生活には充分なはずなのに、なんでさらに儲けようとするのでしょうか？　こつこつまともな仕事をしてお金をもらうのはいいのですが、株を売買したり、土地を転がしてぼろ儲けしようという気にはならない。だから、いつまでも金はたまらないのですが、その代わり絶対に悪徳商法にひっかからない仕組みになっている。

賭《か》けごともまったくしません。ドストエフスキーの小説には、賭博《とばく》中毒の男たち（彼自身もそうだった）がたくさん出てきますが、私は一晩でざくざく金が入ってきても、そのとき賭け事に参加していた人々に無性に「悪い」と思うし、すっかりすられても憎らしいので、賭博場に行く気になれない。ウィーンには中央の繁華街ケルントナー通りに面して国営のカジノがあり、話の種に入る日本人がいますが、私は足を踏み入れたこともない。

そういえば、パチンコ屋にも、四〇年前の学生時代に一度入ったきり。向学心から入ったのですが、おもしろくも何ともなかった。当たっても嬉《うれ》しくなく、賞品をもらっても嬉しくないのですから、まったく向いていない。ボーリングもたった一度、やってみたけれどおもしろくなかった。だいたい、あらゆるゲームが嫌い、勝負事が嫌いなんですね。ゲームセンターに（ゲームをする目的で）入ったこともないし、テレビゲームなるものも一度も試みたことがありません。だからといって、別に偉いわけではありませんが……。

取っ組み合いの「譲り合い」

話が逸《そ》れたので、「損」に戻りますと、こんな現代日本でも、ともすると「損をしてもいい」という人ばかりが集まっているのではないかと思わせる光景が見られるときがあります。それは、例えば、喫茶店で中年婦人たちがくつろいで（くつろぎすぎて、たいそうやかましいのですが）、さあお開きにしましょうと、みんな席を立とうというときにふいに起こる。ある婦人（A）が眼前のレシートをさっとつかむと、「じゃあね、きょうのところは、私のおごりで……」とにんまり笑って残りの婦人たちに告げるや否《いな》や、さっと立とうとする。すると別の婦人（B）が「なんでえ、それはいけないわ！　そんなことしないでよ」とAの手からレシートを奪い返そうとする。「いいのよ、この前はあなたのおごりだったのですもの」とAは、テーブルから離れようとする。すると、もう一人の婦人（C）が、「きょうは私におごらせて、お願い！」と叫ぶや、Aに払わせるもんかとばかりに自分も席を立って、Aより先にレジに向かおうとする。Aは、それに追いつき、「奥さま、それはいけないわ！」と大声で叫んで、レジに突進する。あとから、Bも追いつく。Cがハンドバッグを開けてもぞもぞそれに手を突っ込んでいるうちに、Aはさっと財布を出して、もう五〇〇〇円札を出してしまった。それを横目で見ていたCは「あら、駄目よ！」と大声を上げる。Bも「困るわあ！」と叫ぶ。この光景をさっきから目撃しながらレジにちんとかしこまっている女店員は、そのお札をまじまじと見て、「これでよろしいんでしょうか？」と、三人の顔を見比べながら尋ねる。時を移さず、Aが「そうよ、お願いするわ」と答える。すると、BとCは顔を見合わせて、「そおお、悪いわねえ。ごちそうさま。今度は私におごらせてよ」と言い合う。

なんという感動的な「譲り合いの精神」かとは、日本人であるかぎり、誰も思わない。なぜなら、彼女たちが必死の思いで「おごりたい」のは、そうしないと肩身が狭い思いをするからです。みんな、いつ誰それがどれだけおごったかをよく心に留めていて、細かい計算をしている。その結果、より多くおごられるほうは、あとで「けち」だの「鈍感」だの、はたまた「人間としておかしい」だの、何を言われるかわからない。それを恐れて、みんな他人より多くおごろうとする。Cは、自分が計算上危ない位置にあることを自覚したので、体当たりで払おうとしたが、Aに先を越されてしまった。しばらくは、Aの傘下《さんか》に入るよりしかたない。Bは、やんわりと拒否したが、あのやり方では不十分であった、と臍《ほぞ》をかむ。次回は、どんなことが起こっても自分が払わねば悪い噂《うわさ》が立つ……こう心のうちでめんめんと「計算」をして、三人は喫茶店の扉を押すのです。

つまり、彼女たちは、自分がここで数千円の支払いをするより、払わずにいて、あとあとまで「けちで金に汚い」と思われ、場合によってはそう噂されることのほうが、よっぽど「損」であることをよく知っている。だから、死に物狂いで払おうとするのです。

鍵《かぎ》事件

この辺で、少し話を変えましょう。

また大学の話ですが、最近「けじめ」にまつわるおもしろい事件がありました。

わが大学では、国立大学だったこともあって、管理体制は厳しく、建物内の研究室と図書室の鍵以外の鍵をもつことは（特別に許可された場合以外は）許されない。共同研究室（演習室）の鍵は一括して事務室に保管されている。ところが、わが大学は夜間コースもあって、夜の七時半から九時までの授業もある。事務室は五時で閉鎖しますので、その場合、六階にある第一演習室の鍵を手に入れるのはなかなか大変です。

まず、教員は七階にある図書室を自分の鍵で開けて、そこの秘密の場所に保管されている事務室の鍵を取り出す。そして、六階に戻りその鍵で事務室の鍵を開け、ぶら下がっている鍵の群れから、第一演習室の鍵を取り、その下に「中島」と使用者の名前を記入する。そして、第一演習室の鍵を開ける。だが、ほかの先生もほかの演習室の鍵が必要かもしれないので、その後、事務室の鍵をかけ、また七階に戻って、図書室のある場所に事務室の鍵を戻す。そして、図書室の鍵をかけてから、また六階の第一演習室に戻る。そして、授業が終わったら、第一演習室の鍵をかけ、七階の図書室の鍵を開けて、ある場所に保管している事務室の鍵を取る。六階に戻って、事務室の鍵を開け、第一演習室の鍵を元の場所に戻し、その下に記入していた「中島」の字を消す。そして、事務室の鍵を閉め、また七階に戻って図書室の鍵を開け、秘密の場所に事務室の鍵を返し、図書室の鍵をかける。ほんとうに煩瑣《はんさ》なことです。

そこで、多くの先生は自分がよく使う演習室の合鍵を勝手に作ってしまう。私の場合だと、第一演習室を使うことが多いので、その合鍵を作ってしまった。そうすると、嘘《うそ》のように簡単に済みます。私は授業の前に自分の研究室から五メートルと離れていない第一演習室の鍵を開けるだけ、授業を終えれば鍵をかけるだけ。どうです、この落差は！

ところが、ある日、鍵の管理に（いや、あらゆる管理に）うるさいS先生が、すべての合鍵の保持者を調べあげ、私にも「もしや、第一演習室の鍵をおもちでは？」というメールが届いた。それも、たいそう長いもので、なぜ自分はこういうことを聞くのかとか、まちがっていたら済みませんとか……文章がえんえん続いている。それなのに、最後の要求は事務的で「答えはイエスかノーでお願いします」

というもの。

私はさっそく要望どおり「はい、もっています」というだけの返事をメールで送りました。するとすぐにまた、いまのやり方で不便なことはわかるが、管理上しかたないのでとか、これに反対な場合は、正式に教授会にかけてルールを変えるように提案してほしいとか、またえんえん長いもの。そして、最後に「どうしても返しにくかったら、封筒に鍵を入れて事務員にお渡しください」とある。私は思わず笑ってしまいました。たしかに、今後またあの煩瑣な往《い》ったり来たりを繰り返すのは、うんざりですが、まあルール破りは事実なのだから、それもしかたない。それに、返しにくいことはまったくない。そこで、その足で事務室に飛んでいき、私は事務員にS先生のメールとともに、「はい」と鍵を渡しました。

すると、S先生から、その日のうちに「普通の者にはできないことです。私も学ぶところ大きかったです」というさらにおもしろいメールが届いたのです。ま、私は「普通の者」ではないから、当たってはいるけれど。

私は自分の卒業研究生をかばわない

大学の話になったから、ついでに。あまり「けじめ」には関係ないかもしれませんが……。わが人間コミュニケーション学科も、もう設立六年になりますが、二月に卒業研究の発表会があり、そのあいだに先生方には卒業研究の論文が回し読みされ、その後、合否の判定会議がある。それが、すなわち卒業研究の合否の判定になるわけです。私はずっと一般教育の教員でしたから、卒業研究の合否判定をしたことがなく、またこういうシステム自体が（日本でも外国でも）哲学系にはありませんでしたので、ずいぶん戸惑いましたが、合格判定会議の席で多くの先生方が喧嘩《けんか》腰《ごし》になるのに対して大いなる違和感を覚えます。自分の指導している学生の論文や発表がちょっとでも批判されると、眼をひんむいて弁護する先生もいる。命を懸けて（?）、ほかの先生が指導する学生を批判することもある。もう、この機会に人間関係を絶ってもいい、という意気込みの判定会議なのです（実際、判定会議によって人間関係がこじれた先生方は多いはず）。

自分の指導している学生に対する批判はすなわち自分に対する批判だから、必死の思いで戦うのでしょうが、こんなときも私は自然に「浮いて」しまう。私は、自分の仕事を批判されても——たとえ理不尽に批判されても——それほど怒りを覚えないからなのです。だいたい、人は他人の仕事を誤解しますし、とくに私は自分の仕事がお粗末であることを骨身に滲《し》みて知っていますので、批判されても「そうだなあ」と思ってしまう。これは、知的誠実さとは何の関係もないことです。総じて学者という人種の発する臭みは自分が「えらい」と思っていること。まあ、小学校のころから知的競争において勝ち抜いてきた者の集団だから、しかたないとも思えますが、多くの学者に見られる他人の批判を受け入れない姿勢はクサイとしか言いようがない。

これで不合格になったからといって、卒業できないわけでもなく、もう一度（形式的に）発表すればいいだけなのに、なぜかその再発表を拒む先生が少なくない。「学生はこれで精いっぱい努力しました」「私はこれでいいと思っているので、私の口から再発表とは言えない」「言うと、本人はずいぶん落ち込むと思います」等々、激しく抵抗する。

私の研究室はあまり（いや、全然）人気がなく、人気のある先生の研究室には一〇人くらい学生が殺到するのに、私のところに来るのは毎年二人程度。それも、「精神科デイケアにおけるパソコンを用いた実践を通した一考察」（タイトルが長すぎる！）とか「コミュニケーション論的に見た食玩《しよくがん》コレクション」とか「国内外の主要空港の比較に基づく日本の航空管制業務の問題点の検証」（これも長すぎる！）とかで、今年の二人も「魔法について」と「癖のコミュニケーション」といったように、電通大らしからぬ――もっと言えば、なんで電通大に来たのかわからない、と思わせるような――テーマが並んでいる。

しかも、最近は質も向上してきましたが、第一回では二人ともとても発表が下手で、そのうち一人には再発表の声がかかりました。「中島先生、どうなさいますか？」と学科長が私の顔をのぞき込むように尋ねるので「再発表させます。私もとても下手だと思いましたから」と答える。そして、本人にもそのとおり、すなわち、判定会議で評判がとても悪かったこと、そして私もそう思ったから、弁護しなかったことを伝えました。本人も納得して、喜んで（？）再発表し無事卒業しましたが、こうすることがなんで難しいのでしょうか？

7 喧嘩《けんか》が起こるとすぐ止めようとする人

対立を嫌う人々

この麗《うるわ》しい大和の国には、「対立」が何しろ嫌いな人種が多く生息している。彼らは、人々のあいだにわずかな対立の兆《きざ》しでも生ずると、とたんに居心地が悪くなる。「まあまあ」と二人の仲に割り込んで仲裁する人も少なくないのですが、それよりはるかに多いのは、そこに漂う険悪な空気に突如呼吸困難になり、それが高じて喧嘩が始まる雰囲気になると、もういてもたってもいられなくなり、「非常口」

を見つけて逃げ帰りたい気分になる人々です。からだが対立を拒否してしまう。ですから、誰かがちょっと大きい声を上げただけで、もう頭の中は大混乱してしまい、思考は停止してしまう。涙さえ出てくることがある。

私はこういう人にこれまでの人生において何十人か出会ったことがありますが、彼らのほとんどは家庭環境を含め人生において喧嘩を避けつづけ、それがある程度うまくいってきた人です。人間関係における彼らの第一原理は「対立がないこと」であり、これを成就《じょうじゅ》することが最大の関心事なのです。

とはいえ、まちがってはなりませんが、「対立が嫌いな人」が、ただちに常に与えられた状況をよく見据え他人たちに配慮して細やかに動く人とはかぎらない。反対に、与えられた状況を一ミリも動かさずに、外界をシャットアウトして、その中にうずくまってしまう人が多いのです。わが国のこうした「文化」に、私はどうしても慣れることができない。

例えばこういうことです。小田急線にロマンスカーという特急電車があり、その先頭部分は展望席となっており親子連れや恋人たちには大人気です。でも、なかなかその席を取るのは難しい。さて、ある日、私は偶然その展望席に席を取ることができました。通路を挟んで隣の席には中年の女性。それぞれの横の席は空いている。藤沢を離れると間もなく、後ろががやがやかましい。見ると、小学校低学年の男の子が三人、後ろから首を曲げて前方に広がる景色を眺めているのです。「きみたち、ここに座りたい？」と聞くと、驚いたような顔でうなずく。そこで、私は二人に席を譲り、後ろの空いている席に移ろうとしたのですが、隣のおばさんは発車するや否《いな》や眼を閉じて席にうずくまっている。としても、熟睡している気配はなく、時々眼を開けている。私が席を替わり、二人の男の子が座り、一人の男の子がそのそばに立っているのをちらっと見ても、何も言わず、また眼を閉じる。席を譲らなくてもいい。せめて「ぼうや、ここに座る？」と空いている席を勧めればいいのになあ。自分がそこで前方の景色を見たいからというのなら、あるいは、うるさいガキどもになぞ席を譲るものかという思想の持ち主ならともかく、まったく「気がつかない」としか思えない！　その鈍感さに彼女を殴りつけたくなる。たぶん、彼女は、購入した券に印刷された番号どおりに席を見つけて、そのとおりに座っているだけ。このうえ、どうしろ、と言いたいのでしょう。

このとき、よっぽど「あなた、寝ているんなら、子供たちに席を譲ったらいかがですか？」と言おうとしてやめましたが、つい先日のことですが、私はある寿司《すし》屋で爆発しました。

他人に絶対的に無関心な人々

そこはチェーンの安い（握り一個一二〇円）寿司屋で、味も悪くないのですが、だから日曜などとても混む。店の外で空きを待つお客が行列を作ることなど普通です。しかし、時々店の外で三〇分も待たされる体験を重ねてきて、ずっと解《げ》せないことがあった。それは、多くの場合、カウンターでお客が隣のお客と椅子《いす》を一つあるいは二つ空けて腰掛けているために、あるいは、四人がけのテーブル席に一人のお客がのうのうと席を占めているために、三人連れなどが来ても、なかなか並んだ席を取れないこと。ずっと観察していると、ますます腹が立ってくる。新しいお客が扉を開けて首を入れて「三人なんですけど」と言うと、ウエイトレスが「はい、三人さまですか？　ちょっとお待ちくださーい」と店中に響く声で言うのに、カウンターのお客の誰も席を詰めようとしない！　四人がけのテーブルに陣取っている男も、それが聞こえなかったように馬耳東風で寿司をつまんでいる。そして、板前も何も言わない。こういう光景を何度も見ました。

この前、同じように、三人連れが入ってきたけれど、「お席がありません」と店の外に追いやられた。私の隣の席には椅子が二つ空いており、その向こうには母親が小学生の息子と一緒に食べている。そして、その向こうにはまた一つ席が空いている。彼女が向こうに一つずれれば、三人連れはいますぐにでも入れるのに、彼女はまったくの無関心。こうして五分が経《た》ったとき、私は店中に響く声で言った。「ぼく? お母さんの向こう側に行ってくれない? そうすれば、さっきのおばさんたちが座れるから」。「ぼく」すなわちその男の子はびっくりして、母親と顔を見合わせている。一〇秒ほどが経過。母親が、ずいぶんな仕打ちと言わんばかりに私をにらんで、ずるずると席を一つ横にずらし、息子も一つずれた。そして、もくもくと寿司を食べつづける。そのあいだ、板前は何ごとも起こらなかったように寿司を握りつづける。ああ、不愉快だ!

よく知っている男なので、私は言った。「あなたも、なんでお客に席をずれてくれるように頼まないいんですか! そう言われて拒否する人はそんなにいないはずだ！　これまでも、寒い冬の晩など、詰めれば座れるのに、何人も外で待たせていたじゃないですか！」。

彼は、夢を見ているかのように——なぜならこういうことは現実にはあるはずがないから——、ぽかんと私の顔を見て、「すみません」を繰り返す。ほかのお客たちは、そのあいだまったく無関心に寿司を食べつづける。

じつは、私は長年の日本人の生態研究により、このすべての理由がわかっているのです。お客も板前も、わずかでも「対立」を避けたいからです。私のように訴えるお客がいるはずはないし（お客も、外から店内を覗《のぞ》いて、あんなに席が空いているのにと思っても、「対立」を避けたいからそう言わない）、板前が意を決して「すみません、席を移ってくれませんか？」と頼んでも断られたら、それこそ「対立」が表面化してしまう。何しろ日本のお客は、店に入ったら、わがまま放題、何の指図も受けたくない。自分を王さま、神さま、絶対者だと思っている。たとえ、しぶしぶ移ってくれても、「めんどうくさいなあ」と呟《つぶや》かれたり、沈黙したまま反抗的なまなざしを向けられると、店内の空気が濁ってしまう。だから、板前も絶対に言わないのです。

おわかりでしょう？「対立を避ける」ことを至上命令にしている御仁《ごじん》は、与えられた情況――それがいかに理不尽でも――を「変える」ことを嫌う人であって、だから、私のように、ずけずけと他人に向かって命令するような無礼な男を心底嫌う。としても、「対立」を嫌うのですから、けっして私に向かってこない。そして、おもしろいことに、たぶん先ほどの母親は自分ではなく、私をエゴイストだと断ずるに違いない。彼女にとっては、「そう決まっているのに、そしてこれまでこれでみんなうまくやってきたのに、それをたたき潰《つぶ》し、お客を、そして板前を不快にする」ような男はエゴイストだからです。こうして、ただただ彼女の体内には「厭《いや》な奴《やつ》がいるものだ」という不愉快な気持ちが残るだけでしょう。こういう人が、この国でもっとも頻繁に見られる「対立を嫌う人」なのです。

女を殴ることはそんなに悪いことなのか？

私は、このように、怒鳴り合いを含めて言葉の上での喧嘩はよくしますが、殴り合いをはじめ、からだを駆使した喧嘩はしない。そうすると、絶対負けるし、これまでそういう喧嘩をしてこなかったのでその仕方がよくわからない。もっとも、かつて夫婦喧嘩で妻を殴ったことはあります。

三島由紀夫の『宴《うたげ》のあと』の中には、妻を猛烈に殴るシーンがある。

「どうして雪後庵へ出かけたかわかるか」

かづは泣いたまま、かすかに首を振った。その首の振り方に、自分でもいけないと思うのに軽い媚態《びたい》がちらついていた。そこでいきなり頬桁《ほおげた》を張られた。彼女は絨毯《じゅうたん》の上へ崩折れて泣いた。

「わかるか」と野口は息をはずませながら言った。「……無礼者！」

野口はこう言って、今度はパンフレットでかづの顔を何度も叩《たた》いた。……

「貴様は亭主の顔に泥を塗ってくれた。いかにも貴様のやりそうなことだ。僕の履歴を見事に汚してくれた。恥を知れ、恥を！　亭主が世間の笑い者になるのが嬉《うれ》しいか」

そして今度は床の上のかづの体を所きらわず踏んだが、その軽い体重はいかにも非力で、叫び声をあげながらころげまわるかづの体の豊かな弾力に、足はともするとはね返された。野口は机のむこうの椅子に落ちつくと、泣き叫ぶかづの寝姿を遠くから眺めた。

野口が弱々しい男で、かづが豊満な女ですから、このお仕置きもやや滑稽味《こっけいみ》を帯びてきます。世の中には、男はどんなことがあっても女を殴ってはならないという掟《おきて》を重んじる人がいますが、それはまちがいです。女が力まかせに男の頬を平手打ちすると、男は眼をつぶり頬をさすって痛さに耐えている、という映画やテレビドラマのシーンはかなりある。だが、どう考えても、男は女からどんな暴力を受けても耐えねばならないわけではない。たしかに、家庭内暴力といっても、夫が妻を殴るケースがほとんどで、逆に妻が夫を殴り殺すことはほとんどないようですが、そうはいっても、これは倫理の問題ではなく美学の問題です。男がスカートを穿《は》くと拒絶反応を示すように、男が女を殴ると拒絶反応を示す人が多いだけ。

とはいえ、二一世紀の日本、そういう古典的定型的美学は粉砕しなければなりません。世の中には、男より強い女はわんさといるのですから、耐えてばかりいると、場合によっては殺されるかもしれない。身の危険を感じた場合は、女のからだをぼかぼか殴って逃走してもよい。たとえ相手が女でも、正当防衛ないし緊急避難は認められるのです。

三島由紀夫の自決

その三島由紀夫ですが、彼は文芸評論家の古林尚《ふるばやしたかし》との対談中で（『三島由紀夫最後の言葉』新潮カセット・CD）、「私だって飢えた子がいたら助けてやりたい。でもそれは私のミッションではないと思っている」と言っている。

私には、三島の言うことがよくわかります。当時（一九六〇年~七〇年代）は、サルトルや大江健三郎《けんざぶろう》のような行動派が「飢えている子供がいるのに、文章を書いていていいのか？」という人道主義的問いを作家たちに発し、それに「悩む」風潮が強かった。時代背景を考慮すると、これほどきっぱり「弱者」を切り捨てている三島は潔《いさぎよ》いと思います。

ちなみに、この対談はあの自決のわずか一週間前（一九七〇年一一月一八日）のものですが、古林が「三島さんの天皇制賛美は、政治的に利用されるから用心したほうがいい」としつこく説教するのに対し、三島が豪快な笑いとともに、「いや、そうはならない」と答えると、さらに古林は「三島さんがそう思っていても利用される」と追いすがる。アホなこの文芸評論家に三島は「そうはならない。いまにわかります、いまにわかります」とだけ答える。それが、あの自決だったわけです。あれは、三島の命を懸けた「喧嘩《けんか》」だったわけで、たぶん時の政権に対する喧嘩であったと同時に、ぐだぐだ御託宣を述べながら何にもしないこういうアホ文化人と決別する喧嘩でもあったのだと思います。

親には思う存分心配かけていい

親に心配かけたくないからと、職場での左遷《させん》とか、妻との確執とか、……わが身に降りかかった禍《わざわい》を伝えない「善良な青年」たちがいますが、私にはまったく不可解です。全部そのまま、NHKニュースのように、はっきり報告してしまえばいいと思います。

私は、親をはじめ、他人に心配かけまいと思ったことがない。私のことを心配する人は、勝手に死ぬまで心配しつづければいいのです。それは、その人の趣味の問題。私にはまったくかかわりのないことです。両親はもう死にましたが、妻でも息子でも姉妹でも、どこのどいつでも、私のことをどんなに心配しても全然意に介さない。でも、こうした私の信条は現代日本の大部分の民の信条とは大きく隔たっているようです。ほとんどの人は、親に心配かけたくないあまり、悪いことはいっさい親に話さず、いいことばかり話して、平然としている。まあ、こういう人の親も、なんか変だなあとは感づくけれど、それも私に心配かけまいとの思いからなんだろうと察して、詮索《せんさく》することはない。だから、うまくコミュニケーションは成立しているのですが。

一つ典型的な例を出してみましょう。二〇歳の息子が（いいですか、二〇歳ですよ）、家を出たとたん、何日も音沙汰《おとさた》ない。大丈夫だとは思うが、親は心配で心配で夜も眠れない。そして、警察に届けようかと逡巡《しゅんじゅん》している三日目、ぬっと息子が玄関から入ってくる。父親は「おまえ、連絡もしないで、何していたんだ！　どんなに心配したかわからないのか！」と叫んで息子を殴る。母親は、彼の両腕にすがって泣き崩れる。すると決まって、息子は「心配してくれって頼んだ覚えはないよ！」とか「勝手に心配して、怒るなよ！」という反応になる。すると、親はまた「お前には親の気持ちはわからないんだ！」と拳《こぶし》を握って嗚咽《おえつ》する……という筋書きになります。

親がむやみに心配するから、子供は「心配かけまいとして」何も悪いことは言わないのです。

「建ちゃん、大丈夫？　ちょっと元気ないようだけれど」

「だいじょうぶだよ」

「幸子さんとうまくいってるの？」

「うまくいってるさ、あたりまえじゃないか」

「何でも困ったことあったら教えてね」

「ああ、わかってるよ」

「ほんとうよ」

というように、蚊のように始終ぶんぶんうるさく耳元で飛びまわる母親でも、世の息子たちは、たたき潰すことなく、適当にあしらって、受話器を置いたら、妻と顔を見合わせてほくそえみ「おふくろも困ったもんだな」と呟く。腹の中では感謝さえしている。まあ、これが「いい人」なんでしょうね。

「ただ、警察のご厄介にさえならなければいい」と言っている親も、ずいぶん頭脳の構造が単純ですね。ある社会体制において、何が掟か、したがって何が掟に外れるかは、がっかりするほど相対的なのに。警察とは、何であれその社会の掟違反を捕まえるだけなのに。

イエスも警察のご厄介になり、磔《はりつけ》にされました。平和運動をしていたバートランド・ラッセルも、警察のご厄介になり刑務所に入りました。プロレタリア作家の小林多喜二は、警察のご厄介になったばかりか、警察に撲殺されました。

普通の親はどんなに悪い法律でも「子供がその社会から排斥されないように」と熱望するのですが、私は心底そうは思わない。現代日本で身も震えるような悪法はないと思いますが、それでも息子がストーカー容疑で警察に捕まっても、凶器準備集合罪で逮捕されても、そんなに驚かない。強盗に入り、強姦《ごうかん》し、さらに放火するという大罪を犯した場合、もちろん褒めてやろうとは思いませんが、気も動転して泣き崩れることはないでしょう。息子にどう対するか、被害者やその遺族にいかなる態度をとるか、親としてどう身を処すか、慎重に考えはじめると思います。

小谷野敦氏《こやのあつし》との喧嘩

私は対立が起こるとどぎまぎおろおろする人が嫌いですが、とはいえ喧嘩ばかりしている人が好きなわけではない。じつは、私は――最近とくにそうですが――、あまり喧嘩しないのです。説明が必要でしょう。私は、納得できないときは相手を怒鳴りつけたり、めんめんと抗議したりしますが、いわゆる私にとっていちばん大きな欲求は、相手に自分の不快さを伝えること。「私は不快だ」というメッセージが相手に伝われば、たとえ相手がその理由をわかってくれなくても、不快の原因を取り除いてくれなくても、かまわない。これは哲学をしているおかげなのですが、他人に自分の信念をじっくり聞いてもらい、かつ「なるほど」と思わせ、相手のこれまでの信念を改める、なんてことは至難の業、いやほとんど不可能だと思っています。

よく、誌上で喧嘩をしているセンセイ方を見かけますが、どれを見てもかみ合っていない。自分の正しさをとうとうと述べ、相手をずんずん悪く解釈するだけ。それがえんえんと続く。双方で、相手がいかに自分を誤解し、わかろうという「謙虚な」姿勢がないかを嘆くだけ。それは、まあ二回もやりとりを読めば、虚《むな》しさが湧《わ》きあがってきます。

最近、『新潮45』で小谷野敦さんと喧嘩をしました。私についていろいろ書いている小谷野さんに対して「彼は私が大学の常勤の職にあることが気に入らないようだが、私は彼が常勤であろうと非常勤であろうと、どうでもいい。私の粗製濫造《らんぞう》ぶりにカチンと来るようだが、私は彼がゴミのような本を山のように書いても気にならない」と「ほんとうのこと」を書いた（二〇〇五年一月号）ところ、翌二月号の自分のコラムに「中島義道に答える」というタイトルのもとに、ながながと返答が書いてある。

論旨があちこち飛んでいてよくわからないのですが、最後に「カント研究者中島は、カントからは程遠い卑怯者《ひきょうもの》の不道徳漢であると言うほかはない」とあり、これは小谷野さんの「失敗」だなあと思いました。まあ、通り一遍のかん違いなら見過ごせるのですが、私は彼も連載しているこの同じ雑誌で「哲学者というならず者がいる」と題するコラムを連載しており、その第一回目（二〇〇四年一〇月号）で、哲学者とは「ずるく、さもしく、弱く、卑怯な人間であり、それを自認しながら変えることがないであろう。まさに文字通りの意味で『ならず者』なのである」と結び、翌一一月号では、さらにカントに照準を合わせて「醜く・賢く・狡猾《こうかつ》なカント」と題して、「哲学者の典型であるカントは、ならず者の典型である。そのやり方が巧妙で狡猾であるからこそ、ますます汚く思われる」としつこく書いている。それなのに、私を攻撃するつもりで「カントからは程遠い卑怯者の不道徳漢」と叫ぶのは、完全におかしい。ま、相手のものを全然読んでいないから、こんなまちがいが平然とできるのですね。私はずっと前に『カントの人間学』（講談社現代新書）を書いて以来、ずっと一貫してこういうカント像をもっていることをまったく知らずに、素朴に「巷《ちまた》の見解」をそのまま受けて、私を非難しているわけです。そう思ったのですが、翌月のコラムで、私は次のようなおとなしい訂正を求めました。

……私が「卑怯者の不道徳漢」であることはもちろん認めるが、じつはカントもそうなのだ。本誌の昨年十一月号で、「醜く・賢く・狡猾なカント」と題して、彼の卑怯さをしつこく書いたのに！　小谷野さん、すみませんが、「カント研究者中島は、カント同様卑怯者の不道徳漢であると言うほかはない」と訂正してください。

私が誌上論争を嫌うのは、私は相手に「勝とう」という気がほとんどないから。もう少し分析しますと、(1)私がカント像について小谷野さんと喧嘩したってしょうがない。(2)小谷野さんの素朴なカント像を批判してもしかたない。(3)小谷野さんの軽率さや愚かさを責めてもしかたない。こういうふうに思ったからです。とくに(3)のような考えをするから、私は誌上での喧嘩を続行しないのでしょう。しかも、こういう自分の態度は謙虚に見えて(?)すこぶる傲慢《ごうまん》であることに気づいてもいるのです。そのことを身に滲《し》みて感じることになった体験が、その後ありました。

小浜逸郎《こはまいつお》氏との幻の書簡集

小浜逸郎さんも、私のことを自著のいろいろなところで書いている。昨年九月から一〇月まで、彼の主宰する「人間学アカデミー」に三回にわたって講師として呼ばれました。そのさい、終りの三〇分くらい小浜さんとのトークの時間も設けられていて、会場からもたくさん質問が出て、なかなか盛況でしたので、それを続行するような意味で対談集を刊行してはどうだろう、と私が提案。小浜さんが「しゃべるのは苦手なので」と言うのでこれが書簡集に変り、今年の三月から六月まで数回にわたってメールのやりとりをしました。それを私が破棄した、つまり刊行をやめることにしたのです。これに備えて、私は彼のほぼすべての著作（三〇冊以上）を読破し、熱心に応答したのですが……じわじわ厭《いや》になり、ついに「もう駄目だ！」と投げ出したしだいです。担当の編集者にそう伝え、小浜さんにも伝えてくれるように言い、そして企画は着陸予定空港の滑走路が見える地点で（つまり、ほぼ全部語り終えたところで）空中分解！

なぜ私がやめたのか、小浜さんにはなかなかわかってもらえないと思いますが、次の諸点からなります。（1）回数を重ねていくうちに、「わかり合える」はずがないと確信したこと。（2）そうしながらもどうにか続けていくうちに、そういう自分の態度が不誠実で厭になったこと。（3）さらに回数を重ねていくうちに、小浜さんから「わかってもらう」ことをまったく期待していない私の態度が、自分の文面にありありと現われてきて、さらに自己嫌悪《けんお》感《かん》を増したこと。（4）こういう私の心理状態に気づかない（ような）小浜さんの鈍感さに嫌気がさしたこと。

まだまだありますが、結局私は小浜さんに何の興味もないのだなあということが心の底からわかって、やめたのです。これが嘘《うそ》ではないことを示すために、私の「努力の跡」を少しお見せしましょう。

（四回目）

それにしても、いまだから告白しますと、三回目のお手紙をいただいたとき、「もう駄目だ、やめよう」という気になりました。所詮、二人ともまったく違った世界に生きているんだから、通じ合うわけはないし、こんなことにエネルギーを注いでも無駄なだけだ、という方向にずんずん心は傾いていきました。しばらく経《た》ってから冷静になると、今回の書簡集は私のほうから言い出したことだし、これほど通じない人とどこまで語り合えるか「実験」してみるのも悪くない、ええい、この戦闘はいつ中止してもいいのだし、負けてもいいのだし、勝ちたくないし……と自分に言い聞かせると、かえって気が楽になって、続けようという「勇気」が湧いてきたしだいです。

（六回目）

凝縮した内容のお手紙ありがとうございました。ここまで来ると、私の考えとあまりにかけ離れているのでいらいらすることもなく、きわめて冷静に受け止められます。どうにかこの書簡のやり取りを最後まで続けたいという意思は変わりませんので、以下次のことに注意してお答えしようと思います。（1）いわゆる水掛け論は避ける。（2）細かい詮索に基づくあげ足取りはやめる。（3）はぐらかしたり逃げたりはしない。

（七回目）

真摯《しんし》なお手紙ありがとうございます。私はずいぶんいい加減な人間なのですが、「言葉」には誠実でありたいと願っており、困ったことにそれを他人にも要求しますので、その点今回の書簡集は内容において不愉快な思いをすることはあっても、言葉に対する小浜さんの姿勢において不愉快なことはありません。とはいえ、くたびれてきたことも事実です。「逃げようかなあ」と思いつつ、いやそれは卑怯だし、これまでやってきたことが水の泡になるし、大げさに言えば、これから生きて行くためにもここらで踏んばらねばと思いなおして、どうにかもちこたえている次第です。

（八回目）

長いお手紙ありがとうございました。予想していたことですが、いまこの書簡集はあまりよい方向には行っていない感じがします。それは、小浜さんも認められているように、繰り返しが多くなったこと、どうもお互い固まった自分の図式の中で動いているので、なかなか相手の真意をとらえにくいこと。こうしたことが、回を重ねるごとに噴出してきているように思います。

私は哲学仲間と一度に数時間はおろか十数時間の議論もしてきたので、小浜さんがしつこいとは思いませんが、なんだか言葉の強さはあるのですが、私の言っていることに対する誤解プラス自分の信条の開示に終始しているようで、少しうんざりと言ったところです。しつこいからではなく、明らかにすれ違っているから、お互い労力がもったいなく思われます。こういう事態になるから、「思想論争」は嫌いなのです。そもそも決着がつかないに決まっているし、残るものは誤解と相手に対する憎しみだけになる、と経験則から知っていますので。

なんで思想論争が虚しい（空転してしまう）か、さらに具体的に言いますと、次のような理由が挙げられると思います。（1）この書簡集でも頻繁に現われていますが、（「信念」や「存在」など）二人とも同じ言葉を使いながら、それにこめている意味がそれぞれ異なるから。（2）そもそも世界の見方が、あるいは同じことですが見ている世界がそれぞれ異なるから。（3）何に価値を置いているかがそれぞれ異なるから。（4）何に快・不快を感ずるかがそれぞれ異なるから。

それを充分配慮せずに押し切ろうとすると、相互に繰り返し相手を罵倒《ばとう》するだけの、実りのないつまらない議論になってしまいます。

これに対して小浜さんから返事が来た直後に、私はやめることを担当編集者に告げました。以前、永井均《ひとし》さんと書簡を一往復してやめてしまった。この場合も、私が言い出して私がやめたのです。もうこれ以上、他人に迷惑をかけないように、書簡集はじめ他人との論争はやめたほうがいいようですね。私は本質的に他人に興味がないので、他人がどんな馬鹿《ばか》げたことを考えていようと、どんな愚かな行為を重ねていようと、「いいんじゃないの」と思ってしまい、その人が私に対して抱いている（誤解を含んだ）見解に対しても、「なるほど、そうなのか」という程度の関心しかもたない男なのですから……。

8 物事をはっきり言わない人

「あれだよ、わかるだろ?」

笠智衆《りゆうちしゆう》という小津安二郎の映画によく出てくる私の好きな俳優がいますが、彼のしゃべり方は滅法いらいらする。なじみのバーで「軍艦マーチ」をかけてもらいたいときでも、絶対に「軍艦マーチをかけてくれ」とは言わない。「あれね?」と答えて、あれだ」と言うと、カウンターの中のマダム（岸田今日子）も「あれだよ、レコードに針を落とす。固有名詞を避けて、「あれ」という指示代名詞ですべて片付けてしまうのです。

この場合は、それで会話がうまく成立したからいいのですが、しばしばこうもいかないことがある。「きみ、あれどうした？」「えっ、あれって？」「わかるだろう？　あれさ」「ああ、あれか」という具合に、えんえんと「あれ」という言葉だけを使って探りを入れていく。ここに、われわれ大和民族の卓抜たる美意識が潜んでいることは承知しています。言葉にはっきり出して語ることは、見苦しいこと、野蛮なこと、無礼なこと、はしたないことなのです。さらに、独特の倫理観もぴったり寄り添っている。はっきり言った者が責任を取らねばならない。みんなこの厳粛なルールを知っていますので、「あれ」が何か知りながら言わない。どちらとも取れる言い方、つまり「あれ」とか「例のもの」とか言って、その場を切り抜けようとする。そこに社会的未成熟な男が紛れ込んでいて「社長のヤミ献金のことですね？」とでも言おうものなら、みんなの氷のような視線が、ぐさぐさ彼に注がれる。彼は、その後ずっとその集団でバカでアホでマヌケな危険人物とみなされることでしょう。

「それを言っちゃあおしまいよ」とか「それを私の口から言わせたいのですか？」

というせりふがありますが、そのように「それ」を知っていることと「それ」を言うこととのあいだには千里の距離が開けている。この国では、言葉はいつも二重になっていて、一つは対象を正確にとらえるためにあり、もう一つはその対象を正確に「語らない」ためにある。心の中ではみんなまぎれもなく正確に対象をとらえているのに、それを公共空間では「あれ」とだけ指示する。このことによって、すべての人は究極的な責任を免れているのです。

ですから、わが日本国では、責任を追及されると、政治家も企業家も、官僚も、――かつてのオウム真理教の上祐《じょうゆう》なにがしのように――口八丁手八丁の巧みな嘘を並べるというのではなく、口をそろえて「知りません、存じません、記憶にありません」と答える。何かを正確に言うと、かならず追跡されるからであり、さしあたり何も「語らない」で、隠すだけ隠しとおし、逃げられるだけ逃げ回り、もうどうしようもなくなったら、くるりと手のひらを返すように、「じつはすべて知っていた」と告白するのです。

ニュースはすぐに伝えるべきだ

大変なニュースを知っている人が、なかなかそれを言い出さない場面――これって映画でもテレビでも、意外とよくあるシーンです――も私をいらいらさせます。もちろん、「すぐに」語らないのは、相手の心の動揺を思ってのことでしょう。また、語ってしまうことによって、あらためてぶり返す自分自身の心の動揺も恐ろしいのでしょう。

例えば、歌舞伎《かぶき》『仮名手本忠臣蔵』の七段目「祇園《ぎおん》一力茶屋」の場。浪士の一人である夫、勘平の力になろうと身を売って遊女になったおかるのもとに、郷里から兄の平右衛門《へいえもん》がやってきて、家族みんなの消息を伝える。じつは、父は人に斬《き》られ、勘平は自害したのだが、それを伝えられず、さしあたりおかるに嘘をつく。

おかる「……兄さん、お前に会うたら何よりもいっち早う聞きたいはな、それあの、か……かかさんはお達者でござんすかえ」

平右衛門「母者人はな、いまだに眼鏡もかけず夜なべ仕事をなさる。あぁ、お達者、お達者」
おかる「まぁ、そうでござんすか。それからあの……ととさんはえ」
平右衛門「おやじ様もお達者だ。あぁお達者だ」
おかる「そんなら、ととさんもお達者でござんすか。嬉《うれし》や嬉や。それではととさんもお達者、かかさんもご無事。それからあの、か……もし兄さん、お前もたいがい察してくれたがよいわいなぁ」
平右衛門「なんのことだか、この兄にゃさっぱりわからねえ」
おかる「それいなぁ、兄さん、それあの、か……勘平さんはえ」
平右衛門「勘平、かか……勘平も、た、達者だ、達者、達者、大達者だ」

まあ、父親が辻《つじ》斬りに遭い、夫が切腹したとなれば、それを伝えたら相手が動揺するのもあたりまえ、それをさしあたり隠すのもあたりまえかもしれませんが、「些細《ささい》なこと」でも、とにかくいつまでも語り出さない人がいる。
次のようなシーンは映画やテレビドラマでしょっちゅう見られます。

ばたばたと自宅の玄関に駆け込むや否《いな》や、女は叫ぶ。

「あなた、大変なことが起ったのよ！」

「何だ？」

「その前に、お水、お水……」

彼女は急いでもってこられたコップの水をごくごく呑《の》みほすと、うつろな眼で、コップを振り捨てるように床に落とす。

「何なんだ、言ってみろ」

すると、彼女はしばらく放心したように眼を虚空《こくう》にさまよわせていたが、突然両手で顔を覆《おお》って、わあっと泣き出す。

彼が彼女の肩をそっと抱いて、両手を取り、彼女の眼を見つめて今度は優しく、

「どうしたんだ？」

と聞いてみる。

「あのね、あのね……」

しゃくりあげながら、頭の中を整理するように何かを語ろうとするが、「大変なことが起ったのよう！」と叫んで、また泣き伏してしまう。

こうして、彼女はその「大変なこと」の内容をなかなか語らないのです。そして、やっとのことで彼女は鼻をひくひく動かしながら語る。

「恵子が、恵子が、スーパーで万引きして捕まったのよう！」

「おまえ、なんでそれを早く言わないんだ！」

と怒鳴る夫は、二つのことで妻に対していらだっている。第一に、この程度のことで慌《あわ》てふためくことに対して、そして第二に、いまは何しろ早くスーパーに飛んでいって事情を聞き、とくに学校に連絡していないかを調べるべきなのに、妻のバカげた反応のために一〇分も無駄にしてしまった、ということに対して。「ええい、お前はうちで泣いていろ！」と妻を怒鳴りつけて家を飛び出す。

「弱者」には酷な要求とわかっているのですが、私は困難な状況に遭遇したとき慌てふためく人が嫌いです。「わあぁ！」と叫んで両手で顔を覆ってうずくまってしまう人、「どうしよう、どうしよう」とひとの袖《そで》を引っ張って、眼をうろうろさせる人、まして失神してしまう人が嫌いです。

言葉で相手を「刺す」さまざまなやり方

とはいえ、相手のトドメの刺し方を思案しているために、政策的になかなか語り出さないこともある。

「ねえ、言っても怒らない？」

「ああ、怒らないから言ってみろ」

「ほんと？」

と夫の顔を覗《のぞ》き込むようにして、

「そう言っても、あなたっていつでも怒るんだから」

「怒らないよ、怒らないから言ってみろ」

「その前に、そんなところに突っ立っていないで、座ってよ」

夫がテーブルの向こう側に腰掛けると、ふふと小さく微笑《ほほえ》んだかと思うと突然真顔になって、うつむいてテーブルの上に出した両手の指先を一本一本点検するように見て、左薬指の指輪を右の親指と中指でぐるぐる回し、それから右手を顔の高さまでもちあげ、彼からは眼を逸《そ》らしたまま、それでほお杖《づえ》をついて、ぼんやり部屋の隅を見つめながら言う。

「言っちゃおうかなあ、やめようかなあ」

「もういい。おまえの気まぐれに付き合っている暇はない」

と、夫が両手をテーブルにべたりとつけ、肩を怒らせてついと立とうとすると、その背中にピストルを突きつけるように言う。

「きょう、あなたの浮気相手に会いに行ったのよ！」

まあ、ドラマとしては、こうして相手をじらすように告白する彼女は、まだ夫を愛していて、夫婦関係を壊したくないことがわかる。もっと効果的に相手をノックダウンするには、夫が、へらへら笑いながら「隣の奥さん、実家に帰っちまったそうだ。だんなの浮気がばれたのかなあ」と言って、大皿に盛ってある焼肉に箸《はし》を伸ばしたときに、突然、相手の顔をきっと見据えて、

「きょう、あなたの浮気相手に会いに行ったのよ！」

と言えばいい。

あるいは、もっと陰険なやり方を好む人は、夫が（「おかわり」と言わずに）黙

って茶碗《ちゃわん》を差し出し、そのままちょっと離れたところにあるテレビのプロ野球をからだを捻《ね》じ曲げて見ているとき、電気がまの蓋《ふた》を開けてご飯をよそいながら、ふとひとりごとのように言う。

「きょう、あなたの浮気相手に会いに行ったのよ」

三通り挙げましたが、あとに行けば行くほど、相手（夫）をたたきのめす効果は大きいようです。

「ここだけの話だからな」

この言葉も薄汚いですね。これまで私は何度聞かされてきたことでしょう。そして、そのたびに全身鳥肌が立つほど不快な思いをしてきたことでしょう。これは次のような状況で発せられます。

それまで何気ない会話をいくぶん退屈げにしていた眼前の男が、突然真顔になり、私の眼を覗き込むように少し上体をこごめ、ゆっくりと私の耳に近づき、そしていくぶん声を潜めて言うのです。たいていは、組織における誰かさん（ほとんどが上司）の悪口にすぎない。これって、卑劣ですよね。なぜなら、そう言う男は、話しかける相手が自分の目下であることをよおく知っているので、相手が「そんな話聞きたくないですから、言わないでください」とは言えないことを見越して口を切るのですから。しかも、この悪口には悪口を浴びせる別の相手、つまり「敵」がいますから、当然組織の中では、この「ここだけの話」を聞いてしまっただけで、もうこの男の側につくことを承認したとみなされる。つまり、逃げ道はないのです。

しかも、その内容たるや、「あいつ、一年前痴漢行為で警察に捕まったこと、俺は知っているんだ」とか「あいつは、じつはあの奥さんと不倫な関係にあるんだ」とか、聞いて損をしたと思うような鼻くそ級のゴシップばかり。もう少しましな、そうですね、「あいつはいまこっそり原爆を製造中で、完成したらまずこの大学をぶっ飛ばすそうだ」とか「あいつはじつはアルカイダ系のテロリストで、明日皇居に突入する計画なんだ」というくらいの壮大な内容なら、血も躍るというもんですが。

しかも、こういう男は、そのチンケな内容のゴシップを歴史に残るほどの重大な案件だと考えている。そう自分で勝手に誤解しているうちはいいのですが、そんな特ダネをひとり占めしておくのはもったいないとばかりに、彼は「信頼できる仲間（大体は年下の部下）」を見つけるや、「ここだけの話だからな」と耳打ちすることによって、「大切な秘密」を共有する共同体を形成していく。

そこには、姑息《こそく》というか女々《めめ》しいというか（これ差別語ですかね）、相手に正面からぶつかっていくと勝ち目はないから、じわじわと相手に対する嫌悪感《けんおかん》を共有する仲間を作っていく作戦に出る。ですから、みんな知っているように、「ここだけの話だからな」と言うんだから、彼はとくに自分に心を開いているんだなと考えたらとんでもなく、じつはこの男から「ここだけの話だからな」とささやかれた「犠牲者」は何人いや何十人といる、ということがあとからわかって、うんざりするものです。

そして、こういう男にかぎって、自分の身のまわりから悪い噂《うわさ》が立たないように、何かと思うほど警戒している。この態度は少々滑稽《こっけい》です。なぜなら、大体の場合、すでに彼にはもう修復不能なほど悪い噂が立っているからです。それも個々のふるまいについての噂ではなく、信頼のおけない彼の人間性に対する確実な評価がすでに下っているからであって、もう彼の個々のふるまいなど、みんな興味がないのです。何かの拍子に彼の卑劣な裏面工作がばれたとしても「ああ、またそんなことしているのか」という程度の反応しかない。

「はっきり」とは何か

このあたりで、誤解を避けるために、「物事をはっきり言う」さいの「はっきり」とは何かについて、考察してみましょう。それは、もちろん第一には心に思ったことをそのまま言うことです。ブスと思ったら「ブス」と言う。ハゲと思ったら「ハゲ」と言う。「おさな子のように」そのまま言葉にする。私は、こんな単純なことを言っているのではない、と続くと思うでしょう？　残念でした。私は、まずこんな単純なことから始めることを提唱しているのです。ただしその場合、自分にいかなる禍《わざわい》が降りかかっても、責任を取らねばならない。ここが「おさな子」と違うところで、そのために相手から刺されてもしかたない、社会から抹殺されてもしかたない、と覚悟して周囲の人々にあらゆる差別語を投げつけるのは、勇ましいものです。

ただし、これは最低レベルの「はっきり」であり、私が提唱しているのは、このレベルからさらに「正確に」というレベルに高めることです。差別語の卑劣で暴力的なことは、それぞれの個人の複雑で豊かな人間性をきわめて単純にラベリングしてしまうところにある。「デブ」とか「オカマ」とか「中卒」という単語を相手にぶつけて、相手をまずそういうマイナスのクラスにぶち込んでしまうのです。それぞれの人には、眼の覚めるような豊かな個性と性格と能力と表情があるのに、それをすべて切り捨てて「彼はユダヤ人だから」とか「彼女は私生児だから」というくくり方をする。そして、――ここが最も暴力的なことなのですが――そのほかの彼（女）の個性的な特徴を完全に無視してしまう。

日本語に「やはり（やっぱり）」という副詞がありますが、「やっぱり商売人だよな、計算高いもの」とか「やっぱり育ちが悪いよな、礼儀がなっていないもの」という確認のみとなり、マイナスの観念はますます太っていくというわけです。

こうしたラベリングは最も楽であり、たしかに愉快な側面もありますから、われわれは全力でそうした誘惑を回避しなければならない。そのためには、眼前の人間をグループの一員としてではなく、なるべく個人として見ること、彼（女）をよく観察し、よく感じ、よく考えて正確に言葉で描写すること、これに尽きます。

ああ、会議！

いつも会議に出ていらいらするのは、そのだらだらした雰囲気です。時間がかかるというより、その（とくに議長の）「語り方」の冗長さにうんざりする。もっと「はっきり」言えばいいものを、もって回った配慮の行き届いた言い方が蔓延《まんえん》していて気分が悪くなる。例えば、「喫煙場所をどこにするか」というようなどうでもいい決議事項に、えんえん三〇分も議論を重ねたすえに、やっと建物の西側の外の一定の場所に決まったとき、学科長が「よろしいでしょうか？」と会場を見渡し、各人がうなずいているのを確認して、さらに「よろしいでしょうか？」と尋ねる。すると、アホな教授が「でも、あそこは、コンクリートが打ち付けられていないので泥靴のまま建物に入ると……」と異議をはさむ。すると、また「では、そのちょっと向こうのコンクリートの場所では？」という意見が出て、「でも、そこまで行くとわかりにくい」とか「煙が窓から入る」という意見が出て、またえんえん議論が始まる。「そんなこと、どうでもいいじゃないですか！」と、私は叫びたくなるが、「こんなことに貴重な時間を費やしてなんともないって、どういうことなんだろう?」という興味も多少あって必死の思いでこらえている。まあ、「視察」ですね。さらに一五分も議論したあとで、結局、「元の場所とちょっと向こうの中間の場所」に落ち着き、また学科長が「よろしいでしょうか？」と会場を見渡し、各人がうなずいているのを確認して、さらに「よろしいでしょうか？」と尋ね、やっと「では、そのように決めさせていただきます」となる。毎月一度の学科会議では、こうした手続きを議題ごとに、ですから一〇回くらい繰り返すのです。

何もかも、がっかりするくらいのロースピードで進むのですが、とくに特定の個人を非難する可能性のある場合、ほとんど進行速度がゼロに近くなる。つまり、沈黙と「困りましたねえ」というため息が会場をぐるぐる回るだけ。最近も、大学院の特別推薦枠で取った学生に（特別推薦は他大学を受けないという条件のもとに、三年生までの成績と面接だけで取るのですが）東大大学院への推薦状を書いてしまい、受かったから「どうしましょう」という相談が、若い女性講師から報告された。私は「それは明らかな約束違反ですから、東大大学院への入学を認めることはできません」とただちに発言しようとしたのですが、ほかの先生方から「それは困りましたねえ」「その学生はこの規則を知っていたのですよねえ」「推薦状を書かれる前に、私にご相談いただければよかったのですがねえ、困りましたねえ」という泡のような発言が続いたので、しばらく様子を見る（つまり「視察」する）ことにしました。驚くべきは、彼女の弁解。「本人がとても行きたがっていましたので……たぶん落ちると思っていましたので……」。それを聞いて「さあ、どうしましょうかねえ」「困りましたねえ」という泡がまたぶくぶく発生する。

ええい、もう我慢できない、とばかりに私は（静かな声で）「これは、議論する必要のないことではないでしょうか？　はっきりした約束違反、規則違反なんですから、その学生を東大に行かせてはならないのです」と発言しました。するとみんな眼を丸くし、「危険」を察知したのか、議長の大学院専攻主任が「では、これはここでいま議論する問題でもないので、また別の機会に……」と宣言して、オワリ。ちょっとかちんと来たので「議論するだけ、時間がもったいないのではないですか？」と追い討ちをかけますと、その講師の上司に当たる教授が「だから、別の機会にと主任が言ったのです」と答えたので、「いままでの時間も、もったいなかったのです」と食いさがりました。まあ、みんなもう慣れているので、驚かなくなりましたが。

なぜ私は潰《つぶ》されないのか?

賢明な読者の中には、私がこんな「無礼な」発言ばかりしても、なぜ潰されないのか、同僚から毛嫌いされないのか、いじめに遭わないのか、村八分にされないのか、いぶかしく思う方もいる(?)と思いますので、ちょっと説明しましょう。私は大学という組織をまったく「愛して」いないので、つまりそれは月給をもらうための機関だと割り切って、それ以上何も期待していないので、ただ思うことをそのまま言う。その場合、私の発言の「裏」には何もない。ただ、そう思ったからそう表明しているだけなのです。

そして、その場合、自分に課したルールとは、ただ自分の信念に忠実に、かつ徹底的に合理的に(「けじめ」をつけてではなく)語ろうということだけ。つまり、自己利益を求めて発言することがまったくと言っていいほどない。あたりまえで、私は大学の中でほとんど自己利益を求めていないからです。

自己利益を求めていないと、かなりのことができる。大学とはむやみに会議の多いところですが、とくにわが学科は教員の人数が少ないので、一人当たりの負担は膨大なものになる。ですから、会議の初日、私はかならず「なぜ同一の学科から二人も委員が出なければならないのでしょうか？」と質問し、わが学科の事情を説明し、私が全責任を負うからと言って、若い同僚には「きみは、会議など出ないで研究しなさい」と告げる（私は親分肌でもあるのです）。会議の席で私語する人は、どんな目上の先生でも怒鳴りつける。まあ、私の「合理的行動」を挙げていけばきりがありませんが……。

そして、私は、――先にも言いましたが――学生の人気があまりないので、学生指導はそんなに負担ではない（人気のある先生はずいぶん大変のようです！）。しかも、――かわいげのないことに――人気がないと気に病む先生もいるのに、私はなんともない。とはいえ、私の研究室は指導教員とさまざまな理由で対立した学生を「引き取る」場所になっています。一昨年は、退学する決意で（学科長の）私の判をもらいに来た学生に事情を聞くと、指導教員の教育理念と合わずに長いこといじめられた話をし、「卒業できなくて残念だ」と言って号泣する。このさい理由はどうでもいい。学生は弱者であり、教授は強者なのですから、私は学生の味方をする（これも合理的判断）。私は、退学届けに判を押すことを拒否し、彼に「退学してはならない、私の研究室に来なさい」と告げました。そして、——できすぎた話ですが——彼の卒業研究は、その年の卒業研究のうちで最高の評価を受け学長賞に輝いたのです。

昨年も、指導教員が病気になってしまったので、おっぽり出された学生を拾いました。今年も、指導教員が他大学に移ったために路頭に迷った学生を拾いました。こうして——私は誇りに思いますが——私の研究室は電通大の「難民避難所」ないし「孤児院」のような機能を果たしているのです。

でも、なんでそんなにどんな学生でも指導できるのか、という素朴な質問に対しては、簡単に答えられる。私は手取り足取りの指導はしないと学生に伝えてから、研究室配属を承認するからです。学生が卒業できなかったら、学生自身の責任だと固く信じており、その後就職できなくても一〇〇パーセント学生の責任。私には関係のないことです。だからでしょうか、私の研究室を出た卒業生の就職率は五〇パーセント程度と低調。おもしろいのは、卒業した瞬間は就職しても、その後すぐ辞める青年が多いことです。その一人が「指導教授が中島先生でなかったら、もっと続いていたと思います」と言ったのには「なるほど」と思いながら、おかしかった。

それに、私は（会議は嫌いなのですが）授業は結構好きで、いま一年に八コマ教えていますが、全然負担だとは思わない（「授業負担」という言葉にあるとおり、各教員間の授業のコマ数を「平等」にするためにすさまじい議論をする）。だから、急遽《きゆうきよ》穴が開いた授業の代行も（代行ができるかぎり）喜んでする。大学院入学試験問題の出題代行も（代行ができるかぎり）喜んでする。

ほかの教員から嫌われることを承知で言っているんですが、研究費は極端に言えばいらないのです。あれば使いますが、なければどうにかやりくりするでしょう。部屋もくれるから保持していますが、もっとほしいとは思わない。つまり、大学における会議の議論は、だいたい学生指導、授業負担、研究費に集約されるのですが、それぞれ本来まったく無関心。ただみんなの手前、多少関心のあるふりをしているだけです。

もう一度言うと、私は組織を「愛して」いないので、電通大がなくなっても、まあかまわないし、よりよい大学にするような努力はいっさいしたくない。だから、組織改革や人事には何の興味もない。大学の組織がどうなろうと、誰が着任しようと、誰が昇進しようと、無限にどうでもいいのです。

学内行政には虚《むな》しさ以外の何ものも感じない

こうした私の「無私無欲（?）」が評価されて、二年前には学科長にされ、それもみごとに（?）こなし――ちょっと自画自賛の歯止めが効かなくなったけれど、このまま行くしかない――、次期学長（ですから、いまの学長）の耳にも達し、学内行政にもっと力を発揮してもらいたいと依頼されたので、次のような手紙を出して断固拒否しました。

……まったく予想外のことながら、今年度の学科長にされてしまい、一時は本気で大学を辞めようかとも思いましたが、いつも辞表を胸にいままでどうにか続けてきた次第です。……先生には想像もつかないことかもしれませんが、私はあらゆる組織に力を注ぐ意味を認めないのです。ある程度はこなせますが、まったくの時間の無駄遣い以外の何ものをも、つまり虚しさ以外の何ものをも感じません。

ですから、今後最低の義務以外、大学改革その他わが大学の運営に関していっさいかかわりたくないというのがホンネです。それが許されないなら、やはり大学を辞める以外ないでしょう。

これに対して、――寛大なことに――「いてくださるだけで結構です」という趣旨の返事をもらい、その後も「自由な立場」にいることを生かして、私はひたすら合理的なことを貫きつづけています。たまたま人事委員になったら、ただ優秀な人を採るだけ。無能な助教授は、定年まで助教授のままでいいと確信している。よく、定年一年前に助教授を「かたちだけ」教授にすることがありますが、私はいつも「否」に投票します。そういえば、今年春の教授会で、ある教授が名誉教授の要件を充《み》たす年限に足りなかったので、投票をして決めることになりました。私は自分が名誉教授になりたくないということもあり、あまりこういう「名誉」には同情的ではない。名誉教授とは単なる形式だと思っていますので「否」に丸をつけました。しばらくして、事務員が結果を報告する。「得票総数○○票。可とする者○○票。否とする者一票。よって、××教授の名誉教授就任は可決されました」。「否」をつけたのは、私ひとりだけだったのです。

このように、私はいくら長く組織にいても、その組織を支配している空気とか慣習というものがわからず、気がつくと自分だけ「浮いた」行動を取ることがよくあります。はじめのうちは、他人は私の行動の陰にある隠された動機を必死で探ろうとしますが、そんなものは何もない。ですから、学内や学科内にあるセクト間の対立も容易に「踏み越えて」しまい、あるときにはセクトAに賛成していたかと思うと、次のときには対立セクトBに賛同している。あるときには執行部に猛烈に抵抗していたかと思えば、別のときには完全に執行部寄りになっている。私にとっては、そのつど合理的であるか否《いな》かだけで判断しているのですから、しかも自分の合理的見解を表明したあとは、結果にまったくこだわりませんから、誰とも人間関係がまずくならないのです（いえ、正確に言えば、向こうがまずくなっても、こちらはいっこうにまずくならないということ）。

ずっと前のこと、学科の人事でもめているとき、最終的に残った候補者F氏は「優秀な人だが、人間的に欠陥がある」という噂《うわさ》が流れているとか議論しているので、私はいつものように「でも、優秀であればそれでいいのではないですか？　協調性ばかりあっても無能な人ではしかたない」と自分の信念を表明。その後、F氏を採用したくない教授が私の研究室にやって来て「何もわかっていないんだから、人事に口出ししないでくれないか」と忠言。そこで「あい、わかったよ」と私は口出しせずに、F氏は不採用になりました。

こういう「素朴な態度」って、最終的には多くの人の信頼を勝ち得るんですね。少なくとも、嫌われないことは確かです。賢明な読者のみなさまも、ご自分の所属している組織の中で勇気をもって実践してみることをお薦めします（もっとも、まかりまちがって追放されるかもしれませんが）。

9 「おれ、バカだから」と言う人

専門バカと普通のバカ

「おれ、バカだから」と言う人って、じつはほんとうにバカなのです。バカであることはその言動のすべてから明らかであるのに、話がややこしくなるとすぐこう言う。そして、窮地を逃れようとする。こんな人には、上段から構えて、「あなたがバカであることは、とうにわかっているのです。さっきから、バカにもわかるように話しているんです」と言いたくなる。

なぜ、私はこういう人が嫌いか？　誤解してはなりませんが、私はかならずしもバカが嫌いであるわけではありません。私のまわりには、むしろバカとは正反対の人々、つまり利口が多いのですが、そういう人びとの中でも、どうしても好きになれない人は多い。というより、ほとんどです。なぜなら、私は自分のことを「偉い」と思っている人はみんな嫌いだからです。前にも見ましたが、学者や技術者や作家や芸術家など一芸に秀《ひい》でた者、あるいは官僚や大企業の重役や大学教授や医者や弁護士や公認会計士など社会的ステイタスが高いとされる職業に就いている人のほとんどは、こう思っています。そう思わないように日々からだからその臭みを消していく努力をしなければならないはずなのに、そういう訓練を自分に課している人はほんの一握りであって、みんなごく素朴にいばる。

一芸に秀でた人、とくにそれによって社会的に成功した人は、一芸に秀でるために、人間として必要なさまざまな訓練を怠ってきたことを認めなければならない。人間としては、いびつでほとんど奇形に近く、そのことを恥じなければならない。それなのに、単にテニスができるだけの男が、単に料理がうまいだけの男が、単なる落語家が、単なる漫画家が、テレビに登場してきて、人生万端とうとうと意見を述べる。こういう鈍感な輩《やから》が大嫌いということです。

まあ、学者のほとんどが人格破綻者《はたんしゃ》だということは昔から言われていますが、それはそれでかまわない。学問に身を捧《ささ》げるにはそのくらいの犠牲は必要なのかもしれない。だから、彼らは自分の専門外のことにべらべら口を出すべきではない。それを、なんとかかんちがいしたか、人生の達人であるかのようなふるまいに出る。同様に、単なる写真家が、単なる歌手が、単なる俳優が、テレビに出て、自殺した者の心理状態を分析し、残酷な少年犯罪についてしゃべり散らし、それでいて何の羞《しゅう》恥《ち》の念もない、何の自責の念もない。そういう輩が、正真正銘の専門バカなのです。世界的な数学者が、自分の専門以外のことは何一つとして知らない、これはただちには専門バカではない。彼がそのことを腹の底まで自覚して、自分を欠陥人間だと自認し、専門外のことには首を突っ込まないように自重しているかぎり専門バカではない。

かつて数学者の小平邦彦《くにひこ》が、誰かから専門バカ呼ばわりされて、「世の中には専門バカと普通のバカがいるだけだ！」と怒鳴ったという話は有名（？）ですが、この小平さんの言葉にはなかなか含蓄がある。ほとんどの専門家は、自分が専門において達人であるからこそ、ほかの分野では凡人以下である、このことを自覚していない。だが、同じように、ほとんどの非専門家は、自分が何の専門家でもないことを恥じながらも、専門家に対して激しい嫉妬《しっと》の感情を抱く。なにしろ、彼らを引きずりおろしたいのです。彼らが「専門家はバカだな」と言った瞬間に、その言葉はぐるっと巡ってその矛先が自分自身に向けられる。専門家と同じく自分もバカであることを自覚していない、専門家でないから自分はバカから免れてると思い込んでいるどうしようもないバカさ、これが「普通のバカ」なのです。

このように、バカの方が、利口より偉いかのような、人間として上等であるかのような、しかもルサンチマン（恨み）にまみれた、いっさいの真実な問いかけを拒否するような、その怠惰な態度が、私は大嫌いなのです。

「教授がそんなに偉いのですか！」

先日も、大学の研究室に「投資のためにマンション買いませんか？」というバカ電話がかかってきて、私はこういう「あれ買え、これ買え」と個人の領域に入ってくるものは、竿竹《さおだけ》屋でも、アイスクリーム屋でも大嫌いなので、「研究室にそんなバカげた電話はしないでください！」と強く言った。すると、「すみません」と、いったん電話は切れたが、五分してからまたベルが鳴りました。

耳に受話器を当て「中島です」と言った瞬間、同じ男が「教授がそんなに偉いのですか！」と怒鳴り、何か答えねばと身構えているうちに、がちゃりと電話は切れた。むかっときました。相手は、この言葉によって私の倫理的身体にぐさりとナイフを突きたてたつもりになっているのでしょう。たぶん彼がいちばん望んでいることは、受話器を置いた瞬間、私が自分の傲慢《ごうまん》さに呆然《ぼうぜん》となり、「ああ、おれは人間としては失格だなあ。教授という職にありながら、不動産屋よりはるかに人間として下劣だなあ」と深く自己反省することでしょうが……残念ながら（？）、いっこうにそうはならなかった。

ああ、平然と「ええ、とても偉いと思います」と答えればよかった。あるいは、「不動産屋がそんなに偉いのですか！」ととっさに言い返せばよかった。私は一瞬黙ってしまった自分を激しく自己反省したのでした。

バカな女の利口さ

三島由紀夫ばかり挙げて恐縮ですが、彼の短編小説『魔群の通過』に出てくる次のような観察も、「おれ、バカだから」と言う男のしたたかさに関係している。

「莫迦《ばか》な女ですね」……「自分を莫迦だと知っているだけになお始末がわるい。女というものは、自分を莫迦だと知る瞬間に、それがわかるくらい自分は利巧な女だという循環論法に陥るのですね」

「循環論法」ではないと思うのですが、それはさてとして、この場合は女のせりふではなく、ある男がある女のそぶりを観察して「莫迦な女ですね」と別の男に言う場面です。相手に自分がバカだと思わせることによって、自分を守るという構造は基本的に同じですが、男と女の場合ではやはり心の動きは相当異なってきます。

男の場合は、自分をバカと断定することにより、ひょうきんを装《よそお》った声の裏から

「おまえ、大学教授だからっていばるなよ！」と、私を責める声がしっかり聞き取れる。あの不動産屋ではないが、「そういうおまえは何なのだ！」と詰め寄る空気が感じられる。（下品な表現を使えば）イタチが屁《へ》をひって逃げるような態度です。

ですが、三島の観察によるまでもなく、女が男の前で自分をバカとみなして行動するときはこれとは画然と異なる。「はいはい、私はバカな女よ。でも、バカだからこそ、あなたは私を求めているの。そうじゃないこと？」と言いたげです。

もっとはっきり言ってしまうと、色恋のことに関しては、どんなバカな女でも、いやバカな女であればあるほど、恐るべき直観力と理解力をもっている。そして、それは男の眼から見ると、女が唯一《ゆいいつ》「利口」に見えるところです。

与謝野《よさの》晶子《あきこ》の有名な短歌は、女のバカさと利口さを率直に表している。

やは肌のあつき血《ち》汐《しお》に触れも見で　さびしからずや　道を説く君

眼光鋭い帝大生が眼前の乙女に向かって、幾分眼をそらせながら、真顔でえんえんと『論語』を講釈している。それをしおらしく聴きながら、乙女が腹の中で考えていることは「あなた、女がいなくて寂しいんじゃないの?」ということなのですから、恐ろしい。彼女は、まさしくバカでかつ利口です。

女の論理?

どうしても先入観を交えてしまい、それはかなり差別発言だということもわかっているのですが、やはり「女の論理」としか言いようのないものがある。先の渋谷図書館での講演の話に戻りますが、女性から一人も質問がなかったので、「女性の方、どなたか質問ありませんか?」とわざわざ聞いても出ない。講演を終えて、会場を出ようとすると、若い女性に「先生!」と呼び止められる。

「質問ですか?」

「ええ、ぜひ一つだけお聞きしたくて」

「何です?」

「先生は、奥様を愛していらっしゃいますか?」

その踏み絵のような質問と私に執拗《しつよう》にまとわりつく彼女の視線を払いのけて、私は心の中で「ああっ」と叫び声を上げました。「愛している」と答えたら、彼女はどんなに満足することであろうと思い、とっさに、

「愛していません」

と答えました。すると、次の質問がまた驚きなのです。

「じゃ、なんで結婚指輪をしているのですか？」

一瞬ひるんだが、

「取れなくなったからです」

と答えたまま、彼女を振りほどくようにしてあとにしました。ずっと講演を聴いていて、最後にせっぱ詰ったように、これだけを質問するとはどういうことか？こうした態度は絶対に男にはありえない。女固有の出方とその論理を見た思いでした。

あるとき、身の上相談のテレビ番組を見ていました。若い女性が涙声で「私はまだ前に付き合っていた彼のことが忘れられないんです。夫を愛しているかどうかわからないんです」と訴える。すると、一人の女性評論家が真顔で発言する。

「あなた、ご主人の歯ブラシ使えますか？」

相談者が躊躇《ちゆうちよ》しているうちに、その評論家は額にしわを寄せてまた問いかける。

「あなた、ご主人の歯ブラシ使えますか？」

相談者がそれでも黙ってうつむいていると、彼女は鬼の首でも取ったかのように勝ち誇って叫ぶ。

「あなた、その結婚やめなさい。ご主人を愛していないもの！」

このときもまた、女の論理のすごさをあらためて見せつけられたような気がしました。


『伊豆《いず》の踊子』

川端康成の『伊豆の踊子』は、いま読み返してみると、単なる甘酸《あまず》っぱい初恋小説ではない。その各行にと言っていいほど、エリートの象徴である一高生の「私」と旅芸人である踊子一座とのあいだに横たわる差別の現実が描かれています。その場合、おもしろいのは、女のほうがより差別に敏感なこと。道連れの相手は二〇歳の若造だといっても、天下の一高生であり、ふたこと目には、自分たちがつまらない者であることを強調する。「私」はそれを知りながら（なんで、一高生がそれを知らないことがありましょう）、ずるいことに自分の優位にぼんやり身をゆだねる。（小説の中では「四十女」と呼ばれている）一座の若い女、千代子の母親はとくに一四歳になる踊子の一高生に対する態度に神経を尖《とが》らせ、たちまちその淡い思いを見抜いて、あきらめさせようとする。

たしかに、どうあがいてもかなわぬ恋なのです。それにしても、川端の分身である一高生の「私」は限りなく鈍感かつ身勝手ですね。下田で踊子と別れ船の中で熱い涙を流したとしても、けっしてこの恋を成就《じょうじゅ》させようとはしない。自分が踊子とまじめな交際はできないことを知っていながら、踊子のことを思っている彼は、伊豆の旅情と一体となった「人生の悲しみ」にとらえられているだけなのです。踊子は、あの清姫のように大蛇になって海に飛び込み、安珍の乗った船を追っていきたいほどなのに……。

ちなみに、森鷗外《おうがい》の『舞姫』では、妊娠しているエリスを残して帰国する「私」は、激しい自責の念にとらえられるのに（それでも身勝手なことに変わりはありませんが）、この一高生の「私」は、どうも自責の念の芽生えもないらしい。まあ、彼は踊子に何もしなかったのだから、同列には論じられませんが。

ここから先は私の勝手な想像ですが、「私」は、旅から帰って数週間したら「ああ、かわいい踊子だったなあ」という程度の淡い思い出が残っているだけ。そして、「私」がさらに鈍感であれば、踊子の里である大島にまでいつか行こうかなあとさえ思う。

でも、踊子にとっては、唇をかんで彼と別れたこの下田での体験を境に、世界の相貌《そうぼう》ががらりと変わってしまった。被差別者としての自分の身分を自覚し、もう二度とあのような無邪気な態度で都会からの高校生や大学生に接するまいと決心するとともに、その傷は踊子のからだの深いところに達して、場合によると一生癒《い》えることがない傷として残る。こんなふうに思われます。

『東京タワー』

『伊豆の踊子』は何度か映画化され、私もそのいくつかを見ましたが、いずれもつまらなかった。名作の映画化は大体失望しますが（岸惠子と池部良《いけべりょう》の『雪国』はよかった)、それを知りながら江國香織さんの『東京タワー』が映画化されたので観《み》にいきました。

江國さんは二〇〇二年のホテルオークラでの山本周五郎賞授賞式のときに、壇上で挨拶《あいさつ》するのを見ました。色白の都会派美人で、読者の期待を裏切らないなあという印象。それにしても、(昔は違ったが)昨今の女流作家には美人が少なくない。江國さんのほかにも、山田詠美《えいみ》しかり、川上弘美《ひろみ》しかり、小池真理子しかり、二〇〇四年最年少芥川《あくたがわ》賞受賞で大騒ぎされた綿矢りさしかり。

さて、小説は江國さんを髣髴《ほうふつ》させるエレガントな中年婦人(詩史《しふみ》)と年下の恋人である美青年(透《とおる》)とのラブロマンス。中年の女友達の息子を誘惑するという設定が、なんだかコレットの『シェリ』に似ている。とにかく、あまりおもしろくなかった。その映画化されたものは、予想どおり、いや予想を通り越して、つまらなかった。とくに、疲れはてた透が詩史を忘れるためにパリに去ってしまい、それを彼女が探し求めるシーンは、背筋がぞくぞくするほどつまらなかった(大体、小説にはそんな幕切れはないのです)。詩史役の黒木瞳《ひとみ》がさも流暢《りゆうちよう》そうに、しかしやはりたどたどしくフランス語をしゃべるのも、すごくおかしい。ずいぶん練習したんだなあという思いと、それにもかかわらず、なんでこんなに不自然なんだろうという思いが交錯しました。

黒木瞳っていまをときめく大女優で、たしかに全身のシルエットはきれいですが、顔はそれほど美人ではない。透役の岡田准一《じゅんいち》の正統的美貌の前では影が薄くなってしまう。あれは典型的な「リス顔」で、――失礼ながら――胡桃《くるみ》を両手に抱えたらすごく似合いそうだ、と上映中ずっと考えていました。では、なんで観にいったのか、だって？（黒木さんではなく）岡田君のファンだから。岡田君は、壊れそうな繊細さと恐ろしいほどの残酷さが美貌のうちにうまくミックスしていて、かつてのジェームス・ディーンのような雰囲気をもっています。

なお、私が小学校六年生のときに建造された東京タワーって、――パリのエッフェル塔を露骨にまねたもので、しかもはるかにダサい感じで――あまり好きではなかったのですが、照明デザイナー石井幹子《もとこ》さんによるオレンジ色に輝く夜景はきれいですね。六本木ヒルズの最上階から、あるいはベイブリッジから、というように遠くから眺めても印象的ですが、羽田や成田行きのリムジンバスがすぐ近くを通るので、眼を凝らして見つめると、一瞬幸せな気分（錯覚？）に充《み》たされます。

恋の深入りを押しとどめようとする人々

昨年九州大学の集中講義のために博多に行き、休みを利用して唐津まで足を伸ばしたところ、海の見える鏡山に佐用姫《さよひめ》の石像が立っていました。恋人が海の彼方《かなた》に去ってしまったので、海の見えるこの地でいつ帰るか、いつ帰るかと待っているうちに、石になってしまったという伝説によるものです。

詩史は透をパリまで追いかけますが、佐用姫のように、歌舞伎《かぶき》でも、小説でも、流行歌でも、去ってしまった恋人をいつまでも待つのは女と相場が決まっている。それがなぜなのかは軽々には言えませんが、恋愛において女のほうが「長く尾を引く」ことは事実のようです。男が女にもて遊ばれたすえに捨てられるという『カルメン』のようなケースもありますが、古来女のほうが傷つきやすいと恋愛の相場は決まっている。だから、ある女が自分の胸に男が帰ってくることをいつまでも待っているという噂《うわさ》を聞くや否《いな》や、彼女のまわりの女たちは、全速力で駆けつけ、必死の思いで「そんな馬鹿《ばか》なことをしてはいけない、男はもう絶対に帰ってこない、忘れなさい、忘れなさい」と説得する。誰ひとりとして「そうね、それもいいかもしれないわね。彼がいつ気が変わって帰ってこないともかぎらないし」とは助言しない。

かなわぬ恋から早く手を引かせようと躍起になるのも、いつも女の側についているほかの女たちです。「妻子もちの男を愛したってどうなるってもんじゃないんだから、あきらめなさいよ」と、泣きじゃくる女を恋人から必死に引き離そうとする。これは、深入りしたら傷つくことになるのはかならず女なんだから、という経験則に基づく「思いやり」のある助言ですが、どうもここにはそれだけではない臭《にお》いが立ちこめている。とくに、自分自身かつて同じような関係で痛い目にあった女の助言は、私もできなかったのだから、絶対にあんたにはさせない、という必死の抵抗のようなものを感じます。

もっとも、男の場合でも似たような風景が見られることもある。涙を流して自分の思いを告白するいかにも「もてなさそうな」後輩に向かって、先輩が「おまえ、彼女のことあきらめろ。おまえがどんなにがんばっても落とせる相手じゃないんだから」とじゅんじゅんと説得する。ここにも、相手のことを思いやっているようで、同時におまえになんか絶対にいい思いをさせてなるものかという「抵抗」を感じます。

それにしても、なんで世の人々はこうも「あきらめる」ことを勧めるのか、私にはわかりません。もし私が恋愛相談を受けたら、人生そんなにおもしろいことはなかなかないんだから、どんなに可能性が少なくても、ずんずん突き進み、相手も自分もぼろぼろになり、お互い人生を棒に振り、まわりの人をも巻き込み、みんなに迷惑をかけ、警察沙汰《ざた》になってもいいから、どこまでもどこまでも貫きとおしなさい、と助言しようと思うのですが、それと知ってか、誰からも恋愛相談は受けません。

10「わが人生に悔いはない」と思っている人

さっさと満足して死になさい

「わが人生に悔いはない」と思っている人びとへ。ああ、そう思いたければそう思いなさい！　そう思って、さっさと死んでいくがいい！

誰でもちょっとでも考えてみれば、人生に悔いがないことなど、あろうはずがないのに、よっぽどそう思い込みたいのでしょうねえ。そして、私の実感では、こういう人の人生って、じつはそれほど順風満帆ではなかった。ピカソやカラヤン、あるいは松下幸之助《こうのすけ》や小澤征爾が言うのなら、まあわからないこともないが、どうって取り立てて輝きのない人生を送ってきた人が、老境に入るとしきりにこう言いたがる。右に挙げたような社会的成功者は、周囲の者がそう言わせたくてやきもきしても、なかなかこうは言わないものです。

さらに穿《うが》ってみると、過酷なほどの人生を送ってきた人がこういうせりふを吐くとぴたりと決まる。父親に逃げられ、母親に捨てられ、孤児院で育ち、ぐれて警察のご厄介にもたびたびなって、何度も豚箱に入れられた。その後ホームレス同然の生活を強いられてきたが、やっと結婚して子供もでき、ラーメン屋の仕事も軌道に乗ってきたと思ったら、ガンに罹《かか》って死ぬのか！

彼は涙を流して自分の人生を思い出す。だが、それを彼のまわりの人にちょっとでも訴えると、「何、言ってんだ！　おまえだって、いい奥さんがついてるじゃないか。坊やだって元気に育っているじゃないか。俺たちだって、みんなおまえが好きなんだ」と全否定される。そうすると、彼も「そうかもしれない」と思いなおす。そして、臨終の床で「俺の人生に悔いはない」と安らかな顔で呟《つぶや》くと、みんな「そうだよなあ、そうだよなあ、わかるよう」と涙にむせびながら心の中で拍手する。

こうして、そう思いたいからそう思う、そう思わせたいからそう思わせる、という集団催眠は成功したのです。

なぜ、こんなことをするのか？　これは、カトリックの懺悔《ざんげ》のような一種の儀式で、「おまえはみんなを喜ばせてくれたじゃないか、あんたのラーメンは飛び切りうまかったじゃないか」というように、「いいこと」を死にゆく者の耳に砲弾のように浴びせかけて、死にゆく者がみんなに感謝して死んでいくというストーリーを作りあげたいからなのです。そうすると、残された者が安心するから、ゆったりできるから。逆に、死にゆく者が、わが人生を恨み、まわりの者を恨み、もだえつつ死んでいくと、自分たちがとても後味が悪いからです。

同じ言葉を呟く別のタイプの人もいる。人生でいちおう人並みに仕事をやり遂げ、家庭にも友人にも恵まれて、六〇歳になり定年を間近に控えたいま、時折り「おまえは、それでよかったのか？」という声が彼の頭の隅をかすめる。俺はこれまで、どこまでも安全な人生を選んできた。それは、たしかにまちがいではなかった。だが、二〇歳のとき、俺はあの冒険をあきらめた。三〇歳のとき、俺はあの情熱の火をかき消した。そして、もうすぐ恐ろしく地味な俺の人生も終わる。何の心のときめきもなかった。死にたいほどの苦しみも、天に上るような喜びもなかった。そして、俺はまもなく無になる。これでいいのだろうか？　じわじわ疑問はからだじゅうに広がる。

だが、彼はそういう状態から必死の思いで引き返すのです。もう人生をやりなおすことはできない。もう取り返すことはできない。だ、か、ら、「もしかしたら、俺の人生は大失敗だったのかもしれない」という思いをぐっと腹の底に沈めて、「これでよかったんだ」と思い込む運動に入る。臨終の床で「みんなありがとう」と呟いて死んでいく自分の姿が眼に見えるようだ。それは恐ろしい。だが、いまとなっては俺にはそれしかできないのだ。

しかし、以上の二タイプよりはるかに私の趣味に反する（だから大嫌いな）のは、そしてたぶん数もずっと多いのは、次のような人です。彼女は、心底「わが人生に悔いはない」と信じており、健康にも恵まれ、夫にも子供たちにも恵まれ、あとは、みんなの迷惑にならないようにぽっくり死ぬことができたら、と真剣に考えている。そこには、無理も技巧も何もない。人生、もうそんなに生きていたくないし、「お父さん」と一緒にお墓に入れればそれでいい。自分が死んだあと、家族そろってお彼岸にでもお墓参りに来てくれれば、言うことはない。こういう「普通教」の信者とも言うべき筋金入りの「いい人」が、私にとっていちばん苦手。とはいえ、こういう人は、――イスラム原理主義者と同様――私とは異世界の住民ですから、そう信じて死んでもらうほかはなく、ただ私としては、厭《いや》だ、厭だ、嫌いだ、嫌いだ、と言いつづけるほかありません。

さて、抽象的な話ばかりでは味気ないので、最後の最後に小津安二郎の『東京暮色』を通して、「わが人生に悔いはない」と呟いている人、そう呟く準備をしている人、そう呟く願望をもっている人に、ドカンと大砲を打ち込むことにしましょう。

『東京暮色』

小津安二郎の映画の中でも、私は『東京暮色』がいちばん好きかもしれない。いちばん悲劇的だからです。夫と三人の子供（一人の息子と二人の娘）を捨てて男と逃げた女（喜久子《きくこ》）の役を、山田五十鈴《いすず》がみごとなほどリアルに演じている。彼女は、いまは別の男と同じ東京でマージャン屋を経営している。原節子が演ずる姉

（孝子《たかこ》）がそれを知っていて、有馬《ありま》稲子演ずる妹（明子）には自分が母であることを言わないでくれと頼む。だが、明子はそこに大学生たちと出入りするうちに、感づいてくる。彼女はいまつきあっている学生（木村）の子を宿すが、彼にそれを告げたとたん、彼は彼女から逃げはじめる。明子は「私にはお母さんの汚い血が流れている」と姉に向かって叫び、堕胎する。その後やっと木村にめぐり合い、明子は彼を平手打ちして、そのまま駆け出し、電車に轢《ひ》かれて死ぬ（これは自殺であるという可能性がほのめかされている）。孝子が母の喜久子に妹が死んだことを告げ、鋭い眼つきで「お母さんのせいです」と言う。

喜久子の連れ添いが、しばらく前から一緒に室蘭《むろらん》に行こうと誘っている。ずっと断っていたが、この事件で吹っ切れて、彼女は室蘭行きを決心する。

室蘭へ行く前日、喜久子は明子にお線香を上げにかつていた家を訪れるが、孝子に断られる。喜久子は、ただ「そう」と言って玄関を出る。北へ向かう夜汽車の中で、彼女はぼんやり窓の外を見ている。息子が山で死んだことを知らされても、一人の娘が自殺したことを知らされても、もう一人の娘から「お母さんのせいです」と言われても、娘に線香を上げることを拒否されても、彼女は動揺しない。もう、すべてを徹底的にあきらめてしまったからです。自分は大きな流れに押し流されているという実感なのだが、世間はそう語ることを禁ずることも知っている。あのとき自分はああするほかなかったのだろうか？　いや、思いとどまることもできたはずだ。いや、それはいまだから言えるのだ。自分は何もかも承知で、夫と子供たちを捨てたのではないか？　喜久子は、もう頭がしびれるほど考えて、いつか何を考えているのかさえわからなくなって、考えることをやめたように思われる。考えれば考えるほど、重みを増すのは、彼女が男と家を出たという「事実」である。その事実は変えられない。その事実にぶつかると、いかなる言葉も跳ね返される。彼女は後悔しないのではない。どんなに後悔しても、夫も孝子も自分を死ぬまで許さないだろうことを知っている。いまさらはげしく後悔しても、かえってそのうちに甘えがあるように思われる。自分は、後悔することさえ許されていないのかもしれない。とはいえ、後悔しないで「これでよかったのだ」と居直ることも、またずるく卑怯《ひきょう》であるように思われる。

彼女は、こうして死ぬ気力もないから、死ぬことも許されないから、生きているのです。とはいえ、それは断じて惰性ではない。毅然《きぜん》とした風格さえ漂う。いつも遠いところをぼんやり見つめているそのふわりと影の薄い存在から、人生の底の底にまで至った者の崇高ささえ感じられます。

そして、（映画にはありませんが）喜久子は死ぬとき、どんな気持ちで自分の人生を思い返すのだろう、と私は考えてしまう。たぶん、彼女はやはり遠いところをぼんやり見つめながら、ありとあらゆる解釈を拒否して、静かに死を迎えるように思われる。彼女はこう生きたのであり、こうしか生きられなかったのであり、それがすべてなのです。

それは、やはり「悔いはない」と言っていいのかもしれない。私には、――先ほど見た「わが人生に悔いはない」というさまざまな浅薄な宣言とはまったく違う深みで――喜久子のからだから、しぐさから発せられる「悔いはない」という無言の響きこそが、そのまま受け止められる真実の言葉のように思われるのです。

最後に蛇足ですが、明子は「死にたくない！　死にたくない！」と叫んだあげくに、死ぬ。このシーンは、小学生のころはじめて見て以来、死の恐ろしさを象徴的に表すものとして、ずっと私の脳裏に焼きついています。

あとがき——私の嫌いな人とはどんな人か

これで私の嫌いな一〇のタイプの人を論じ終えたわけですが、「なんだ、自分勝手に並べただけであって、何の脈絡もないじゃないか！」と叫ぶ読者諸賢の不満な面持ちが眼に浮かぶようです。

私はこれまで『うるさい日本の私』や『偏食的生き方のすすめ』や『私の嫌いな10の言葉』（いずれも新潮文庫）、あるいは『〈対話〉のない社会』（PHP新書）などで、「厭《いや》なこと」に過敏に反応する私の独特の感受性を披露してきました。それは、個人的な感受性に関することですから、一般的な説得力はなく、だからこそ私は「内的整合性」を考え抜いてきました。つまり、じつは今回もはっきりした脈絡があるのです。

もちろん私は、二枚舌を使う人、権威を笠《かさ》に着ていばる人、目上の人には這《は》いつくばり目下の人を足蹴《あしげ》にする人、計算高く冷酷な人、だらしなく責任をまったく取らない人、（根性が）貧乏ったらしい人、ずる賢い人、日和見《ひよりみ》主義が徹底していていつも違うことを言う人など、大嫌いです。しかし、こういう人は現代日本ではほとんどの人が嫌いであり、わざわざ私が論ずるまでもない。私は、本書ではむしろ、大部分の現代日本人が好きな人、そういう人のみを「嫌い」のターゲットにしたのです。

それは、さしあたり物事をよく感じない人、よく考えない人と言うことができましょう。「よく」とは自分固有の感受性をもって、自分固有の思考で、という意味であり、ですから世間の感受性に漠然と合わせている、世間の考え方に無批判的に従っているような人は嫌いだということ。すぐさま反論が出そうですので、さらに説明しますと、感受性において、思考において怠惰であって、勤勉でない人、「そんなこと考えたこともない」とか「そういう感じ方もあるんですねえ」と言って平然としている人、他人の感受性を漠然と自分と同じようなものと決め込んで、それに何の疑いももっていない人、他人が何を望んでいるか正確に見きわめずに、「こうだ」と思い込んでしまう人です。

そのさい、その人のしゃべる言葉が鍵《かぎ》となります。定型的な言葉を使って何の疑問も感じない人。自分の信念を正確に表現する労力を払わない人。周囲から発せられるその時々のサインを尊重せず、自分の殻（安全地帯）の中に小さく閉じこもってしまう人。

いや、もっと正確に言う必要がある。私はある人が右翼でも、左翼でも、テロリストでも、独我論者でも、「みんななかよし論者」でも、ちっともかまわない。そのことによって、その人を嫌いになることはまずないと思います。どんな思想をもってもいいのですが、当人がその思想をどれだけ自分の固有の感受性に基づいて考え抜き鍛え抜いているかが決め手となる。つまり、その労力に手を抜いている人は嫌いなのです。

いちばん手抜きがしやすい方法は、しかも安全な方法は何か？　大多数と同じ言葉を使い、同じ感受性に留まっていることです。それからずれるものを自分の中に見つけるや、用心深く隠しとおすことです。あとは知らぬ存ぜぬで、見ないよう、聞かないよう、気がつかないようにしていればいい。人生は平穏無事に過ぎていくことでしょう。

こういう人は「いい人」なのです。しかも、自分の「弱さ」をよく知っており、大それた野望など抱かず、つつましく生きたいと願っている。おわかりでしょうか？　こういう人が私は最も嫌いなのです。目次をもう一度見てください。

1　笑顔の絶えない人
2　常に感謝の気持ちを忘れない人
3　みんなの喜ぶ顔が見たい人
4　いつも前向きに生きている人
5　自分の仕事に「誇り」をもっている人
6　「けじめ」を大切にする人
7　喧嘩《けんか》が起こるとすぐ止めようとする人
8　物事をはっきり言わない人
9　「おれ、バカだから」と言う人
10　「わが人生に悔いはない」と思っている人

ああ、こう書いてもほんとうに嫌いだ！

私の大嫌いな（どうしてかなあ？）ヘーゲルの思想ですが、あることが真の言葉か否《いな》かは、その言葉の表面的な正しさによってではなく、その言葉を発するに至るその人が、いかに血の滲《にじ》むような「経験」をしてきたかによって決まる。私の言葉で言いかえると、その人がいかに勤勉に「からだで考える」ことを実践しつづけてきたかで決まる。

人間とはこんなにも複雑なものであるのに、それをわずかな引き出しに閉じ込めてしまい、しかも強引に「よい方向」に、つまりそう人間を見たいように、まとめあげてしまい、あとは梃子《てこ》でも動かない絶対的確信となる。なぜなら「常に感謝の気持ちを忘れない」とか「いつも前向きに生きている」とまとめあげてしまったあとは、もう人生で何が起ころうが、見ないように考えないようにしているからです。

今回も新潮社の秋山洋也さん、お世話になりました。

最後に、私の嫌いな一〇〇の言葉を（本書の表題と重ならないようにして）挙げておきましょう。

妥協、希望、まやかし、調整、欺瞞《ぎまん》、自己欺瞞、弱者、ほどほど、穏便、鈍感、無自覚、無感覚、無頓着《むとんじやく》、腹芸、如才ない、分《ぶん》、タテマエ、あきらめ、怠惰、惰性、和気あいあい、平穏無事、和、幸福、優しさ、思いやり、穏健、道徳、倫理、善人、平凡、月並み、常識、普通、日常、家庭、家族、郷土、雑然、混沌《こんとん》、清濁併せ呑《の》む、無難、安寧、安心、無視、温情、姑息《こそく》、浅はか、なあなあ、お互いさま、凡庸、大衆、無教養、無知、臆病《おくびよう》、会社、世間、世間体、がんばる、みんな、連帯、生真面目《きまじ》《め》、感謝、恩、義理、しきたり、らしさ、誇り、栄誉、二枚舌、隠蔽《いんぺい》、自己防衛、根回し、無口、おべんちゃら、おだて、追従、お世辞、社交辞令、迎合、付和雷同、きれいごと、因習、虚飾、形式主義、ことなかれ主義、役所、良識、お説教、式、式辞、紋切り型、中庸、協調性、実直、朴訥《ぼくとつ》、堅実、嘘《うそ》も方便、しかたない、大人の考え。

二〇〇五年九月二五日　心に風のしむ身かな　中島義道

解　説

麻木久仁子

私が初めて読んだ中島義道さんの本が、この『私の嫌いな10の人びと』だから、まだほんの2年前のことである。なんでこんなタイトルの本を手にしたのだろう。あの頃私はいろいろあって、毎朝レギュラーで司会を務めていたワイドショーを降板し、所属していた事務所を辞め、離婚して、と、どたばたしていた。自分の中でなにかがザワザワして、とにかく一度、広げすぎた風呂敷《ふろしき》を畳んでしまいたくなったのだ。いろんな場面でいろんな人から「なぜ。どうして」と聞かれたが、この「ザワザワ」を明確に言語化することは出来なかった。だから相手が最も受け入れやすそうな言葉を、取りあえず並べ立てて乗り切った。そして一通り片付いてほっとした頃に、この本に出会ったのだ。おお！　何かがうっすらと姿を現す。一気に読み終えて、本屋へ走り、今度は売り場にあった中島さんの本をまとめてレジに積み上げた。『悪について』『働くことがイヤな人のための本』『うるさい日本の私』『人生を〈半分〉降りる』そして『私の嫌いな10の言葉』……。

二日間ほど読みふけって、ようやくわかってきた。私は私自身に「ザワザワ」していたのだった。人に理解され、同意され、共感され、あわよくば賞賛される自分でありたい。「マジョリティー」の側に身を置いておきたい。思えば物心ついたころからずうっと、そう熱望してきた。と同時に、個性的でありたい、人と違う自分でありたい、枠にとらわれない自分でありたい、「マイノリティー」の側に毅然《きぜん》として身を置く自分でありたいと、これまた熱望している私もまた存在する。そしてそんな「とらわれない私」こそが、理解され、共感され、あわよくば賞賛されないものかしら、と。ようするに欲深いのである。いい歳《とし》をしてやっと気がついた。いや、ほんとうは薄々わかっていたのだけれど、認めたくはなかっただけなのかもしれない。それを『中島本』が、「そういうことだろ」と、きっぱり言い渡してくれたのだ。まさに中島さんが「嫌いな人びと」に挙げる項目の一つ一つが、思い当たることばかりなので、仕舞いには「ううっ」とうめいたのだった。

もともとそんな人間なのに、またテレビタレントというのが因果な商売なのである。マスメディアのなかでも最も「マス」を相手にするのがテレビなのだ。マジョリティーこそが最上の客、彼等が見たいこと、聞きたいこと、知りたいことは何か。それを誰よりも的確に摑《つか》んだ人間こそが成功し、そんな番組こそが高視聴率を獲得する。そしてその術《すべ》を身につけようとしのぎを削り、ときに汲々《きゅうきゅう》としているのだ。もちろんやむをえない面もある。そもそもの経営基盤はスポンサー、ひいては消費者であり、あるいは視聴者の払う受信料である。その上電波は「限られた公共財」、従って免許を受けて初めて放送局は電波をとばすことが許されているのである。その条件の第一は「皆様のために」である。このごろは株式上場する放送局も増え、「株主さまのために」なんていうものまで加わったが。いずれにせよ「皆さん」が大前提、「皆さん」って誰？　なんていう問いは、存在しない。あったとしても、それと向き合っちゃだめだ。漠然とした「皆さん」を追いかけて追いかけて、捕まえるのだ。つねにアンテナを張り巡らせて、自分の思う「皆さん」と「皆さん」がズレていないか、修正し続け、調整し続けよ……。テレビの持つ宿命的性格。ならば、テレビタレントの仕事を生業《なりわい》とする私が、この本にであってしまったことは、よいことだったのだろうか。知らずにいたほうが、ぬけぬけと楽しく過ごせたかもしれないのに！

『私の嫌いな10の人びと』その1の「笑顔の絶えない人」に、今のテレビの状況への痛烈な批判が書かれている。いや、批判するほど気にかけてはいないのかもしれない。状況を冷静に描写しただけ。それを「痛烈な批判」と感じるのは、こちらが後ろめたいからなのだろう。

〈わが国では、試合会場のアナウンサーやゲスト解説者、そしてとりわけスタジオの報道キャスターは、視聴者が選手と「一体になって」好成績を期待する方向に強引に雰囲気をもっていく、いや掻《か》き立て煽《あお》り立てる。だから、スポーツ報道に関与している者は誰でも、断じて「これまでの記録からしたら、入賞は無理だと思います」と客観的に試合の展開を予測してはならず、眼を輝かせて「入賞の可能性はありますよ」と明るいほうへ明るいほうへと予測しなければならない〉〈惨敗《ざんぱい》したとしても、意外にけろりとしていて、「次回に期待しましょう」とくる。すべてを、明るいほうへ明るいほうへと語りつづけていくゲームは、事実によって反証されてもびくともしないのです〉

「事実によって反証されてもびくともしない」というところが肝心だ。メダル予想が外れたからといって画面から干されることはない。それどころか外れたときこそ、選手の口惜しさ、無念さをドラマティックに語るチャンスであり、腕の見せ所と思うようでなければ「売れっ子」にはなれない。事件の報道でも構図は似たようなものだ。人の生き死にに関わる分、スポーツほど無邪気には出来ないが、「正しいほうへ」「優しいほうへ」というのが基準になる。「正しいほうへの法則」により、何人もの人が刺し殺された通り魔事件も、誰ひとり腹痛すら起こしていない賞味期限偽装事件も、同じトーンで厳しく断罪することになる。中国のチベット弾圧にたいする批判は一時熱病のごとく席巻《せっけん》し、長野での聖火リレーは生放送されるほどの騒ぎになったが、地震が起こると「人権」は吹っ飛んでしまった。弾圧より地震のほうが身につまされる。かわいそうではないか。実際にそういわれてチベット取材のＶＴＲが没になってしまったジャーナリストがいる。こちらは「優しいほうへの法則」である。もちろん気の毒なのは確かだが、それで「弾圧」が相殺されるわけではないはずなのだが。バラエティー番組に至ってはさらに複雑である。登場するキャラクターはそれこそバラエティーに富んでなければ面白くない。だからタレントはマジョリティーの輪のぎりぎりの際《きわ》を追求しなくてはならない。「ホントいいひと」は一人で十分だが、これは「マジ」な人には敵《かな》わない。

「なぜ戦争は終わらないの？　なぜ殺しあうの？　みんな悪いことだってわかっているのに。悲しいよね！」といってぽろぽろ泣いた女性タレントがいたが、こういう人が最強。あとは「ちょっとお茶目」とか「ちょっと欲張り」とか「ちょっとエッチ」とか、とにかく「ちょっと○○」の椅子《いす》を見つけて早く座ってしまわなければならない。でなければ「キャラが被《かぶ》ってる」と言われてしまうぞ。「本音毒舌系」はなかなか高度である。彼等は毒舌だが、「皆さん」が密《ひそ》かに胸に秘めているちょっとした欲望を代弁する限りにおいて受け入れられる。たとえば「罰があたればいいのよね」というようなことだ。とんでもないことをズケズケというように見えて「本当かもしれないけれどそれは言われたくはなかった」ようなことは言わない。だから「死んでしまえ」とは言わない。そんなひどいことを望む自分を「善人」たる「みんな」は受け入れないからだ。いずれにせよ「皆さん」の強固な土台があって初めて成り立っているのだ。だから真のマイノリティーはテレビ画面には決して登場しない、できない。だが、多くの人はそのことに気づいていない。気づかないまま無自覚に、日々マジョリティーの一員である確信を強固にしている。

中島さんはそんな「不誠実」を徹底的に暴《あば》く。「みんな」イコール「まとも」な側に立って、「みんなとちがうひと」を時に裁き、時に哀れむ「善人」の傲慢《ごうまん》さ。それによって自分のまともさを改めて再確認しようとする行為のあつかましさ。「多様な価値観を認めよう」とか「ナンバーワンよりオンリーワン」とかの題目も大流行《おおはや》りだが、いまやこの題目に反対する自由は相当限定されており、「一様に」多様を認めさせられているという本末転倒。結局は「ナンバーワンのオンリーワン」をもてはやす矛盾。

一日の仕事が終わったら、家に帰って缶ビールを開け、「今日はちょっと気の利《き》いたことが言えたな」なんて思いながらぐびっと喉《のど》を潤すという私のささやかな楽しみは、こうして『私の嫌いな10の人びと』によって奪われた。もう何を言っても自分の「善人ぶり」に気づいてしまう。マヨネーズの値段が5円だか10円だか上がったことを憂《うれ》いて「庶民」を印象づけたりとか、中国人の観光客が日本に殺到という話題に「ぜひ日本のサービスを学んで帰ってほしいものですね」などといってちょっと皮肉を利かせたりとか、いかがなものかと思わざるを得ない。が、それが仕事なのだし、私だっていつもいつも大船に乗っているわけじゃない。「近頃の若者は残虐な犯罪を犯す者が増えている」と大合唱のときには、青少年の凶悪犯罪は統計的に減少していることを言い、一石を投じる努力をしたぞ。いや、それがなんだっていうのだ。「大合唱」に違和感を覚える自分、付和雷同するマジョリティーとはひと味違う自分に満足しようというならむしろ余計に悪いではないか。

嗚呼《ああ》。いちいちこんなことを言っていたら「もう大変っ」なのである。だからわたしはとにかく前へ進むことにする。けれども時々、顔を覆って「ううっ」とうめく。そのときだけ普段よりちょっと多めに酒を飲む。そして、中島さんの本に出会ったことを恨みません。やっぱり読んだほうがよかったのだ。「無自覚な独善」というゆりかごからはい出し、「自覚的偽善」という道をヨロヨロと歩む……。「覚悟」という名の帽子は容易に風に飛ばされるだろうが、そのときは、こけつまろびつ追いかけて、拾い上げるのだ。

まもなく紙面も尽きるここまで「解説」にもならない繰り言を縷々《るる》書き連ねてきた。中島さんはもうわかっているはずだ。こんな風に心のうちを文章にしているところこそ、鼻持ちならない「率直な私」ってやつではないかと。そのとおりなのです。勘弁してください。こんな自分を抱えて生きていこうと思います……。

さあ。今日も生放送だ……。

（二〇〇八年六月、タレント）

この作品は二〇〇六年一月新潮社より刊行された。

中島義道著
私の嫌いな10の言葉

相手の気持ちを考えろよ！　人間はひとりで生きてるんじゃないぞ。——こんなもっともらしい言葉をのたまう典型的日本人批判！

中島義道著
働くことがイヤな人のための本

「仕事とは何だろうか？」「人はなぜ働かなければならないのか？」生きがいを見出せない人たちに贈る、哲学者からのメッセージ。

中島義道著
カイン
—自分の「弱さ」に悩むきみへ—

自分が自分らしく生きるためには、どうすればいいのだろうか？　苦しみながら不器用に生きる全ての読者に捧ぐ、「生き方」の訓練。

中島義道著
人生に生きる価値はない

人が生れるのも死ぬのも意味はない。だからこそ湧き出す欲望の実現に励むのだ。「明るいニヒリズム」がきらめく哲学エッセイ集。

色川武大著
うらおもて人生録

優等生がひた走る本線のコースばかりが人生じゃない。愚かしくて不格好な人間が生きていく上での〝魂の技術〟を静かに語った名著。

木田元著
反哲学入門

なぜ日本人は哲学に理解しづらいという印象を持つのだろうか。いわゆる西洋哲学を根本から見直す反哲学。その真髄を説いた名著。

村上春樹著

蛍・納屋を焼く・その他の短編

もう戻っては来ないあの時の、まなざし、語らい、想い、そして痛み。静閑なリリシズムと奇妙なユーモア感覚が交錯する短編7作。

村上春樹著

世界の終りとハードボイルド・ワンダーランド
谷崎潤一郎賞受賞（上・下）

老博士が〈私〉の意識の核に組み込んだ、ある思考回路。そこに隠された秘密を巡って同時進行する、幻想世界と冒険活劇の二つの物語。

村上春樹著

ねじまき鳥クロニクル
読売文学賞受賞（1〜3）

'84年の世田谷の路地裏から'38年の満州蒙古国境、駅前のクリーニング店から意識の井戸の底まで、探索の年代記は開始される。

村上春樹著

神の子どもたちはみな踊る

一九九五年一月、地震はすべてを壊滅させた。そして二月、人々の内なる廃墟が静かに共振する——。深い闇の中に光を放つ六つの物語。

村上春樹著

海辺のカフカ
（上・下）

田村カフカは15歳の日に家出した。姉と並んだ写真を持って。世界でいちばんタフな少年になるために。ベストセラー、待望の文庫化。

村上春樹著

東京奇譚集

奇譚＝それはありそうにない、でも真実の物語。都会の片隅で人々が迷い込んだ、偶然と驚きにみちた5つの不思議な世界！

吉本ばなな著

とかげ

私のプロポーズに対して、長い沈黙の後とかげは言った。「秘密があるの」。ゆるやかな癒しの時間が流れる6編のショート・ストーリー。

吉本ばなな著

キッチン

海燕新人文学賞受賞

淋しさと優しさの交錯の中で、世界が不思議な調和にみちている――〈世界の吉本ばなな〉のすべてはここから始まった。定本決定版！

吉本ばなな著

アムリタ（上・下）

会いたい、すべての美しい瞬間に。感謝したい、今ここに存在していることに。清冽でせつない、吉本ばななの記念碑的長編。

吉本ばなな著

うたかた
サンクチュアリ

人を好きになることはほんとうにかなしい――運命的な出会いと恋、その希望と光を瑞々しく静謐に描いた珠玉の中編二作品。

吉本ばなな著

白河夜船

夜の底でしか愛し合えない私とあなた――生きてゆくことの苦しさを「夜」に投影し、愛することのせつなさを描いた〝眠り三部作〟。

よしもとばなな著

ハゴロモ

失恋の痛みと都会の疲れを癒すべく、故郷に舞い戻ったほたる。懐かしくもいとしい人々のやさしさに包まれる――静かな回復の物語。

江國香織著
きらきらひかる

二人は全てを許し合って結婚した、筈だった
……。妻はアル中、夫はホモ。セックスレスの奇妙な新婚夫婦を軸に描く、素敵な愛の物語。
江國香織著
神様のボート
消えたパパを待って、あたしとママはずっと旅がらす…。恋愛の静かな狂気に囚われた母と、その傍らで成長していく娘の遥かな物語。

江國香織著
東京タワー
恋はするものじゃなくて、おちるもの――。いつか、きっと、突然に……。東京タワーが見える街で繰り広げられる狂おしい恋愛模様。

江國香織著
号泣する準備はできていた
直木賞受賞
孤独を真正面から引き受け、女たちは少しでも前進しようと静かに歩き続ける。いつか号泣するとわかっていても。直木賞受賞短篇集。

江國香織著
ぬるい眠り
恋人と別れた痛手に押し潰されそうだった。大学の夏休み、雛子は終わった恋を埋葬した。表題作など全9編を収録した文庫オリジナル。

江國香織著
ぼくの小鳥ちゃん
路傍の石文学賞受賞
雪の朝、ぼくの部屋に小鳥ちゃんが舞いこんだ。ぼくの彼女をちょっと意識している小鳥ちゃん。少し切なくて幸福な、冬の日々の物語。

新潮文庫最新刊

畠中恵著
けさくしゃ
命が脅かされても、書くことは止められぬ。それが戯作者の性分なのだ。実在した江戸の流行作家を描いた時代ミステリーの新機軸。

伊坂幸太郎著
あるキング
―完全版―
本当の「天才」が現れたとき、人は〝それ〟をどう受け取るのか――。一人の超人的野球選手を通じて描かれる、運命の寓話。

恩田陸著
私と踊って
孤独だけど、独りじゃないわ――稀代の舞踏家をモチーフにした表題作ほかミステリ、SF、ホラーなど味わい異なる珠玉の十九編。

高井有一著
この国の空
谷崎潤一郎賞受賞
戦争末期の東京。十九歳の里子は空襲に怯えながらも、隣人の市毛に惹かれてゆく。戦時下で生きる若い女性の青春を描く傑作長編。

平山瑞穂著
遠すぎた輝き、今ここを照らす光
たとえ思い描いていた理想の姿と違っていても、今の自分も愛おしい。逃げたくなる自分の背中をそっと押してくれる、優しい物語。

池内紀
川本三郎
松田哲夫 編
日本文学100年の名作
第9巻
1994-2003 アイロンのある風景
新潮文庫創刊一〇〇年記念第9弾。吉村昭、浅田次郎、村上春樹、川上弘美に吉本ばなな――。読後の興奮収まらぬ、三編者の厳選16編。

JASRAC 出0806627-511

私《わたし》の嫌《きら》いな10の人《ひと》びと

新潮文庫 な-33-6

平成二十年九月一日発行
平成二十七年四月三十日十一刷

著者 中《なか》島《じま》義《よし》道《みち》
発行者 佐藤隆信
発行所 株式会社新潮社

郵便番号 一六二—八七一一
東京都新宿区矢来町七一
電話 編集部(〇三)三二六六—五四四〇
読者係(〇三)三二六六—五一一一
http://www.shinchosha.co.jp

印刷・二光印刷株式会社 製本・株式会社植木製本所

ISBN978-4-10-146726-9 C0195